KB129319

고독의 형유

고독의 권유

시골에서 예술가로 산다는 것

장석주 지음

다산
책방

나는 조촐하게 살러 이곳에 왔다.
저수지 물이 내려다보이고, 산이 품어 안고 있는 땅에
작고 소박한 내 집을 지었다.

며칠째 맹추위가 이어지자 집 아래쪽에 있는 금광호수의 일부가 얼기 시작했다. 너른 호수는 반짝 추위로는 얼지 않지만, 맹추위가 계속되면 마침내 꽝꽝 얼어붙는다. 호수의 언 부분과 얼지 않아 출렁이는 물의 경계에 가창오리들과 원앙새들이 한 줄로 앉아 있는 것도 한겨울의 볼품 있는 광경이다. 큰눈 내린 뒤에는 산에 사는 고라니들 몇 마리가 반드시 먹잇감을 구하러 마을로 내려온다. 또한 나날이 생존에 필요한 최소한의 먹이를 구하려는 박새나 곤줄박이의 움직임도 활발해진다. 영하 10도 아래로 떨어지는 강추위 속에서도 쬐끄만 새들이 생기가 넘친 모습으로 마른 풀숲을 뒤져 씨앗들을 찾고 부지런히 움직이는 것을 보면 신통하다. 겨울은 모든 생명들에게 궁핍과 시련의 계절이지만 대부분의 생명들은 이 혹한의 계절을 꿋꿋하게 견뎌 이긴다. 그래서 동양의 옛 책에서 생生이야말로 천지의 위대한 덕이고 우주 최고의 도덕이라고 칭송했을 것이다.

겨울은 독거노인이나 조손가정과 같이 생활형편이 딱한 사람들에게 견디기 힘든 시절이다. 한겨울 분명 끼니가 떨어져 굶어야 하고, 연탄이 떨어져 찬 방을 데울 수 없는 난감한 처지에 있는 사람도 있다. 그러나 우리가 불평하는 가난은 대개는 상대적 가난이다. 당장 먹을 게 없고 땔 게 없어서가 아니라 내일이 보장되지 않거나 불확실한 데서 오는 가난의 체감이 그것이다. 이때 가난은 더 많이 가진 사람에 비해 덜 가진, 그래서 빈곤하게 여겨지는 상대적 가난이다. 가난의 체감은 진짜 생명의 최소한도의 필요가 결핍되어서가 아니라 더 많이 갖지 못해서 일어나는 착각이다. 진실을 말하자면, 흥청망청 낭비할 수 없는 잉여를 갖지 못한 데 따른 불만이 그 불행감의 실체다.

과거에 비해 살림이 더 늘고 사회 전체도 풍요로워졌지만, 이상하게도 행복은 그에 비례해서 늘지 않는다. 절제를 모르는 무분별한 풍요와 사치를 좇으면서 우리 삶은 더 많은 시간을 기쁨이 없는 노동에 종속시키고 불행 속에서 허우적거릴 뿐이다. 왜 그럴까? 그 이유는 분명하다. 우리가 추구한 부와 재산 쌓기가 불필요한 필요의 끝없는 확장에 지나지 않았다는 증거다. 자연은 잉여를 허락하지 않고, 낭비를 스스로 정화하는 구조로 진화해왔다. 벌집은 최소한의 밀랍으로 가장 튼튼한 구조를 이루고, 새의 뼈나 깃은 최소한의 무게로 공중을 나는 힘을 지탱한다. 자연에서는 생물학적 생존에 군더더기가 되는 낭비란 죄악이다. 자연을 떠받치는 일체의 낭비가 없는 단순함이 가난이라면, 과식과 탐욕에서 자유스러운 가난이야말로 진정한 부와 풍요를 누릴 수 있는 조건이다. 그런 가난을 마음으로 받아들인 사람만이 더 적은 것이 더 많은 것이라는 역설의 진리를 깨달을 수 있다.

우리에게 필요한 것은 자발적 가난이다. 그것은 스스로 많이 갖지 않음으로 가난에 처하는 것, 즉 "꼭 필요한 최소의 것으로, 존재의 단순한 골격만으로 부유함의 모든 욕구를 대체"하는 것이다. 자발적 가난은 세상의 모든 부와 재산을 향한 탐욕과 이기주의를 추문으로 만드는 창조적 가난이고, 성스러운 가난이다. 자발적 가난은 욕구의 절제와 참음에서 비롯되는 평화와 긍지를 주는 유일한 가난이다. 지혜로운 사람은 더 많은 재산과 물질을 미친듯이 뒤쫓는 대신에 마음의 고요와 평화를 찾을 것이다. 더 많이 가질 능력이 없어서가 아니라 더 적게 갖는 게 명확하고 단순한 기쁨과 행복을 준다는 사실을 깨달았기 때문에 그들은 자발적 가난을 기꺼움으로 받아들인다. 그래서 예수는 천국은 마음이 가난한 자들의 것이라고 했고, 라이너 마리아 릴케는 "가난 이야말로 내면에서 번져나오는 광채"라고 했을 테다.

　이 책 『고독의 권유』는 인생의 바닥에서 맛본 실패와 좌절의 쓰디씀과 메마른 밥, 홀연히 나를 구원한 고요와 느림, 그리고 자발적 가난의 시절에 대한 따뜻한 기억들을 담고 있다. 본디 이 산문집은 안성으로 내려와서 맨 처음으로 낸 책이다. 지금은 고인이 된 후배 편집자 이창훈의 권유로 흩어진 산문 원고들을 꾸려 『추억의 속도』라는 제목을 달고 나온 게 벌써 십여 년 전이다. 이번에 몇 개의 원고를 더 넣고 몇 개는 빼면서 새로이 출판사를 달리해 펴낸다. 십여 년이 흐르는 동안 내 마음이 가 닿던 주변은 참 많이도 변했다. 그동안 서울 서교동에 집필실 '서향재西向齋'를 세 해쯤 열어 쓰다가 닫은 게 벌써 두 해가 지났다. 지금은 안성 금광호수 가에 새로 건물을 지어서 그곳을 집필실 삼아 오롯하게 글을 쓰고 책을 읽으며 지낸다. 새 건물은 '호접몽胡蝶夢'이라고 당호를 지었다. 노모를 모시고, 골드레트리버 '능구', 진돗개 '능소니', 삽살개 '바우'와 함께 산다. 노모는 텃밭 가꾸기에 열중하고, 견공들은 눈 감고 명상을 하거나 오수午睡를 즐긴다. 노모와 견공들과 저 사이는 대체로 불화가 없고 화목한 편이다. 가끔은 시를 써서 견공들에게 읽어주기도 하는데, 그게 이

들의 시골생활에서 답답함과 권태를 해소하는 데 도움이 되는
지 어쩐지는 알지 못한다. 연못을 파고 수련을 키우며 날마다 수
생식물의 생태를 관찰하거나 토종닭 몇 마리를 구해 키우며 삶
의 실례實例로써 그것을 차용해 몇 편의 산문을 짓거나, 집 근처
를 배회하는 고라니나 뱀들의 동선을 유심히 관찰하며 연구한
다. 새벽에 일어나 책을 읽고 글을 쓰며 보내는 건 늘 하는 일상
이다. 가끔 방송 녹음과 출판 관계자들과의 만남으로 서울을
올라가거나 강연 요청을 받아 대학교나 기업체 등에 강연을 하
러 가기도 하지만, 대개는 주로 집필실에 머물며 연재원고와 청
탁 받은 원고 쓰는 일을 한다.

　이 책『고독의 권유』가 상처를 가진 이들을 보듬어 위로와 치
유의 힘을 주었으면 좋겠다. 이 산문집의 재출간을 제안하고 멋
지게 책을 만들어주신 다산북스의 눈 밝은 편집자들께 감사드
린다.

　　　　　　　　　　　　　　　　　　2012년 정월,
　　　　　　　　　　　　　　　　　　수졸재에서

시골에 지은 집

수줄재에서 부치는
편지

서른 해가 넘게 도회의 모던과 첨단과 문명에 빼앗기며 살았습니다. 무한경쟁의 컨베이어 벨트 위에서 그걸 부지런히 뒤쫓으며 정신없이 달렸지요. 마치 고자질하는 것처럼 들리겠지만, 나만 달린 게 아닙니다. 잘났다는 저들도 다들 그렇게 달렸지요. 앞을 봐도, 옆을 봐도 하나같이 죽을 둥 살 둥 달리고 있던데요. 어디로 가는지 정작 목적지는 잊어버린 채 고속열차를 타는 데만 정신이 홀려 있었던 셈이지요.

우리는 경제적 가치에만 정신이 홀려 내적 성장, 은둔, 고독, 깊은 산과 같은 침묵, 존재하는 것의 평화로움 따위의 정서적 가치는 홀대하며 살았습니다. 지난 몇십 년 동안 나라 경제 규모는 커졌고, 개인들도 전보다 물질의 풍요를 더 많이 누리게 되었지요. 경제적 가치를 좇는 삶은 겉보기엔 맵시 있는 삶이지만, 한데 속이 비어 있어요.

어느 날 정신을 차려보니 염렴한 '나'는 온데간데없고, 온통 껍데기들만 세상을 어지럽히고 있었습니다. 그래도 내 안에 자연과 옛것과 느림의 기질이 남아 있었나 봅니다. 이렇게 살아서는 안 되겠다 싶었지요. 그래서 무한경쟁의 세계에서 스스로 걸어나와 자발적 낙오자가 되기로 결심합니다.

열두 해 전에 서울에서 칠십 킬로미터 떨어진 유벽한 곳의 물가에 집을 짓고 들어앉았습니다. 조금은 가난해도 좋겠지요. 조금은 외로워도 좋겠다 싶겠지요. 하지만 아주 가난해서는 안 됩니다. 외로워 뼛속까지 시려서는 안 됩니다. 아직은 이만큼만 내가 감당할 수 있는 가난이고, 외로움이고, 거리인 것이지요.

이곳에 집을 지으며 '수졸재'라고 이름을 붙였지요. 스스로를 낮추고 낮음을 지키며 살아가겠다는 뜻이지요. 네가 원래 낮은데 뭘 스스로 낮춘다고 그러느냐고 꾸짖는다면 할말이 없습니다. 본디 저는 낮은 사람입니다. 그러니 명정(酩酊)과 오만과 몽매를 경계하고 제 본성과 분수를 맑은 마음으로 직시하고 살겠다는 뜻이지요.

이 작은 집은 마음을 닦고 깨달음을 구하는 선방이며 청정도

량입니다. 나는 거대한 우주가 들숨과 날숨으로 그 리듬을 연주하는 한 자루 피리이고 싶습니다. 고요는 이 청정도량에서 함께 살게 된 피붙이고, 내가 부양해야 할 식구지요. 나를 더 비우겠습니다. 비운 그 자리에 물과 바람과 나무들의 시간으로 채우겠습니다.

오전에는 주로 뭔가를 쓰는 일을 합니다. 새벽에 일어나는데, 차 한 잔과 함께 명상을 하고, 가벼운 산책을 끝내면 곧바로 책상에 앉지요. 점심식사 전까지 글을 씁니다. 점심식사가 끝난 뒤에는 조금 한가롭게 책읽기와 산책을 합니다. 문학 분야의 책들은 물론이고, 관심의 범주에 드는 철학, 역사, 정신분석, 건축, 신비주의, 동물 생태를 다룬 책들, 전기들, 보고서, 이론서 등의 책들을 광범위하게 찾아 읽습니다. 요즘은 몸, 무예, 집, 요리에 관한 책들을 즐겨 읽지요.

이곳에서의 시간들은 달의 결영이나 태음력의 시간이 직관이나 영감에 훨씬 더 깊은 영향을 미친다는 걸 깨닫는 시간들이었지요. 나는 더 많이 산책하고 더 많이 단순해지고 더 많이 고독해지려고 합니다. 무언가를 쓴다는 것은 그다음입니다. 치열한 사유의 고투, 그리고 변태와 우화의 흔적이 있는 글을 써야겠습니다.

글을 쓸 때 담배도 피우지 않고, 커피도 마시지 않고, 옷도 벗지 않습니다. 아무 특이 습벽이 없습니다. 책상 앞에 단정히 앉아 글을 씁니다. 곰곰이 생각해보니, 글을 쓰려면 다른 사람이 보지 않는 구석진 곳을 찾아듭니다. 새끼를 낳는 짐승들이 그러하듯이.

나를 잘 아는 누군가의 시선이 느껴지면 민망해서 도무지 글을 못 씁니다. 모르는 사람들이 북적거리는 카페의 구석진 자리에서는 곧잘 집중을 하기도 합니다. 글을 쓸 때 춥든 덥든 맨발일 때가 많습니다. 양말을 신으면 갑갑하지요. 주변에 많은 책들을 어질러놓은 채 작업을 합니다.

내 심령은 이곳에 내려온 뒤 그 어느 때보다도 안정되고 고요해졌습니다. 밤을 새운 후회는 때로 근력이 되기도 하니, 이 유벽한 곳의 먼 날들을 앞당겨 그려보며 어린 묘목들을 심어봅니다. 지난 봄엔 마당가에 석류나무 두 그루, 해당화 두 그루, 홍매화 한 그루, 왕보리수 한 그루, 벽오동나무 두 그루, 산목련 한 그루, 영산홍 몇 무더기, 제법 큰 이팝나무와 층층나무, 내가 좋아하는 수수꽃다리 몇 그루…… 들을 심었지요. 텃밭 오백여 평엔 적지 않은 용솔 묘목과 노각나무 묘목을 심었습니다. 어떤 것은 실패하고, 어떤 것은 살아남았습니다.

폭설이 내려 집 주변을 둘러싼 산의 연봉들이 하얗게 눈에 덮이고, 호수의 물마저 꽝꽝 얼어붙은 겨울에는 먹이를 찾아 고라니가 집 근처까지 내려오곤 합니다.

농사를 오래 쉰 밭엔 사람 키보다 더 높게 풀들이 자랐습니다. 이런 풀들은 줄기가 어른 손목 정도가 될 만큼 굵어져 낫으로도 잘 베어지지 않습니다. 이 풀숲을 거닐 때 바로 옆에서 꿩 두 마리가 공중으로 퉁겨지듯 '푸드득' 하고 날아가 사람을 놀라게 합니다.

집 아래쪽엔 너구리가 삽니다. 밤에 먹이를 찾아 어슬렁거리는 이놈과 마주칠 때도 있습니다. 이놈의 기척을 느끼면 집의 개들은 진저리를 치며 짖어댑니다. 밤나무 숲 속을 산책할 땐 청설모 식구들과 자주 만납니다. 가을엔 도라지 밭에 구멍을 파고 사는 살모사가 이웃집 마실 오듯이 마당으로 내려와 놀다 가기도 합니다.

봄엔 연초록 새잎들이 돋는 걸 바라보며 이 자연의 기적 앞에 마음은 경건해집니다. 여름밤엔 반딧불이가 방충망에 붙어 연초록 불을 가냘프게 깜빡이는 걸 오래 들여다보기도 합니다. 반딧불이가 배마디 속에 가득 채운 인燐에 산소를 공급해 일 분에 칠팔십여 차례씩 초록색의 형광물질을 깜빡거리는 것은, 물론 사람들 보기 좋으라고 그러는 것이 아니라 번식기를 맞아 제 짝을 찾기 위한 구애의 몸짓이라고 하지요. 여름비가 내리는 날 밤엔 여러 마리의 청개구리가 셀파의 도움 없이 무산소 등정에 나서는 산악인들처럼 수직의 유리창을 묵묵히 기어오릅니다. 그 무위의 행위는 어리석으면서도 마음을 숙연하게 하는 장엄한 바가 있습니다.

개미팅이, 돌파지, 사기막골…… 내가 정착한 마을과 이어지는 마을의 이름들입니다. 이곳은 '무릉武陵'이 아닌 '무릉霧陵'입니다.

계절을 가리지 않고 짙은 안개가 출몰합니다. 저기 '도원'이 손에 잡힐 듯 가깝다는 뜻으로 위안을 삼는 거지요. 이 '무릉'이 나의 새 삶이 부화되는 곳입니다. 나는 상생과 원용을 꿈꾸며 살 겁니다.

저 모던과 첨단과 문명이 있는 '서울'과 '수졸재' 사이의 칠십 킬로미터라는 이격은 지리의 이격이며, 또 심리의 이격이기도 합니다. 너무 멀지도 않고, 너무 가깝지도 않은 칠십 킬로미터의 이격에 나는 안도합니다. 나는 모던과 첨단과 문명을 내 삶의 배후에 둡니다. 이제 내 삶의 전면은 바람이고, 물이고, 숲이고, 명상이고, 산책이고, 느림입니다.

시골에 내려온 지 오래 되었건만 거울에 비친 나를 들여다보니 여전히 도회인의 태를 벗지 못했습니다. 황토 구릉을 산책하는 걸 좋아하고, 밥 먹는 것보다 책을 더 좋아하는 남자가 서 있습니다. 나무들, 길, 사막, 바다, 고전음악, 편안한 의자, 도서관, 오솔길, 많은 저녁들, 여자들의 미소에서 창작의 영감을 구하는 물병자리의 시인입니다.

나는 침묵, 견고한 책상, 펜과 백지, 나만의 시간, 무서운 집중력……
들을 꿈꾼다. 인류에게 유익한 그 무언가 경이로운 것은 거의 모두 정
금과도 같은 순도 높은 자기만의 시간에서 탄생한다.

종려나무, 바다에 내리는 비,
그리고 당신

에바.

메마른 입술을 달싹이며 울혈이 잡히지 않는 목청으로 낮게
당신을 불러봅니다.

……아주 오랜 시간이 흘러갔습니다. 혼절한 듯 깊은 잠의 수
렁 속에 빠져 있다가 이마에 얹힌 따뜻한 햇살을 느끼며 눈을 뜹
니다. 화석보다 더 깊은 잠에 빠져 있던 시절…… 봄이 가고 여름
이 갔습니다. 한 해가 가고 두 해가 지나갔습니다. 기억의 고갈만
이 내 오랜 잠을 증언하지요. 나는 실눈을 뜨고 천천히 세상을 둘
러봅니다. 시간은 나를 아주 낯선 세상에 데려와버렸습니다.

갈무리해두었던 곡식들에는 파랗게 싹이 돋아나고, 시간의 시련을 끝내 견디지 못한 과일들은 부패의 향내를 풍기며 문드러집니다. 서재에 꽂혀 있던 몇 권의 책을 빼들자 책은 삭아서 한줌의 노란 연기를 뿜으며 거짓말같이 허공에서 사라졌습니다.

모든 썩어 없어지는 것, 바스러지는 것, 사라지는 것들 사이에, 홀연히, 저문 바다 위의 섬으로 떠 있는 어떤 기억들…… 그리고 잃어버린 사랑을 위하여, 나는 씁니다.

에바.

다시 한 번 내 뼛속 깊은 외로움을 빙자하여 낯선 이인칭으로 당신을 불러봅니다. 당신은 멀리 있습니다. 잎을 가득 피워낸 종려나무, 바다에 내리는 비, 그리고 당신. 그것들은 내가 사랑하는 것들의 이름입니다. 며칠의 괴로운 숙고 끝에 나는 당신의 사랑을 받아들일 수 없다고 마음을 굳힙니다. 가엾게도 내 사랑은 부화되지 않는 사랑입니다. 당신의 모듬살이에 무단으로 끼어들기는 하지 않겠다는 뜻이지요.

너무나 오랫동안 혼자 잠들고, 혼자 잠깨고, 혼자 술 마시는 저 일인분의 고독에 내 피는 길들여졌지요. 나는 오로지 어둠 속에서 일인분의 비밀과 일인분의 침묵으로 내 사유를 키워왔어요. 내게 고갈과 메마름은 이미 생의 충분조건이죠.

내 물병자리의 생은 이제 일인분의 고독과 일인분의 평화, 일인분의 자유를 나의 자연으로 받아들입니다. 당신과 나의 거리, 너무 멀지도 않고 너무 가깝지도 않은 그 거리를 유지한 채 남은 생일을 살아가고 싶습니다.

눈감고 자는 물고기를
본 적이 있는가

오늘에야 소식을 확인했습니다. 우리가 만난 건 화요일이었지요. 꽤 기분 좋은 밤이었지요. 동시대의 경험을 공유하고 있는 사람들과의 자리라 유독 편하고 즐거웠습니다. 그 밤에 한가롭게 나눈 '소설에 관한 몇 가지의 사실들'에 관한 얘기들은 그다지 마음에 두지 않아도 좋을 듯싶습니다. 비평가의 크레디트가 전혀 걸리지 않은 얘기들을 다소 가벼운 기분이 되어 즉흥적으로 쏟아낸 것들이었으니까요. 물론 그 얘기들이 부분적으로는 소설에 대한 내 확고부동한 이해와 강령들을 머금고 있다는 사실조차 부정하지는 않겠습니다. 하지만 어떤 얘기들은 오해를 부풀리고 그릇된 결론으로 이끌 수도 있다는 생각이 들었지요.

모처럼 몸과 마음이 아늑하게 이완된 상태에서 문학 얘기를 하다가 황급하게 서울역에서 진주행 마지막 기차를 타고 내려왔지요. 이튿날 새벽에 티브이를 켜자마자 첫 뉴스에서 뉴욕의 세계무역센터 빌딩에 여객기가 막 바로 관통해버리는 믿어지지 않는 화면을 보았습니다. 백십층 빌딩으로 돌진하는 여객기, 거짓말처럼 순식간에 폭삭 주저앉는 초고층빌딩, 자욱하게 피어오르는 먼지 구름…… 수없이 많은 무고한 사람들의 생과 사가 엇갈리는 순간…… 저것은 '이미지'인가, 아니면 '현실'인가. 아마도 저렇게 태연자약하게 재연되고 있는 걸 보면 영화의 한 장면일 거야! 하지만 그것은 생생한 현실이었지요! 현실이 영화나 소설의 상상력을 압도해버리니, 현실이 도무지 현실 같지 않게 느껴지는 것도 무리는 아니었던 거지요.

오후에는 방송 녹음 일로 케이비에스에 올라갔는데, 거기서도 온통 뉴욕 무역센터 빌딩 자살테러 얘기뿐이더군요. 미국의 테러집단에 대한 군사 보복이 초읽기에 들어갔다는 얘기…… 이십일세기가 그 벽두부터 무참한 살육과 보복 전쟁으로 얼룩지는 것은 아닌지…… 군산 복합세력의 지원을 등에 업은 보수주의자 부시가 지구상의 유일한 강대국가가 된 미국 수장으로 취임하고 난 뒤 오만함이 두드러졌던 것도 사실이지요. 미국의 오만을 향한, 현실적으로 약자인 이슬람 원리주의자들의 적대감과 분노를 모르는 바 아니지만 무고한 인명 살상이라는 수단을 통해 제 목적을 이루려는 것은 정당화될 수 없겠지요.

벌써 며칠째 실시간으로 전 세계에 중계되는 씨앤앤의 카메라는 부시의 얼굴을 비춥니다. 기세등등한 저 얼굴은 '나' 아닌 모든 '너'를 무한경쟁의 상대자, 만인 대 만인의 전쟁의 교전 당사자로 규정하고, '나' 아닌 '너'를 힘으로 제압하고 말겠다는, 패권주의에 들린 '아버지'의 얼굴이지요. 끝없이 저 혼자만 연년세세^{年年}歲歲 강건하게 살아남으려고 온갖 보약을 구해 장복하고, 좋은 것과 잇속을 독차지하려는 욕심 많은 군왕의 얼굴이지요. 부시의 얼굴 뒤에는 일체의 '죽임'과 '음모', '독점'과 '전쟁'의 악성 신화를 끊임없이 만들어내는 장본인의 얼굴이 숨어 있습니다.

일체의 '너'에게 귀찮은 일들을 명령하고 군림하는 남성-신^神, 사람을 등치며 사는 뒷골목의 '조폭', 마피아, 망나니, 남의 둥지에 탁란하는 뻐꾸기, 그도 아니면 깨진 남근 조각! 거기에 비해 이슬람 원리주의자들은 '아버지'의 양육과 보호의 수혜자 명단에서 탈락한 서자들이지요. 그들은 버림받은 것들의 원한과 울분으로 그렇게 가장 강대하고 단단한 것에 제 생명을 전속력으로 부딪혀 깨뜨리며 남도 죽이고 저도 죽어갑니다.

남성이 권력의 형태로서의 '있음'을 구현하고 있는 존재라면, 여성은 '없음'의 형태로서 제 존재를 구현하는 '있음'의 존재들입니다. 없음으로 있음을 구현하고 있는 존재들, 이를테면 마녀, 매춘부, 대모신, 희생하는 자아들. 세상을 구하는 것은 여성— 어머니들입니다. 비천한 것들을 거두어 씻기고 입히고, 주린 입에 젖꼭지를 물리는, 희생과 헌신의 어머니들입니다. 에바, 당신은 여성이고, 어머니이고 연인이며, 아내이고, 딸입니다. 당신은 깊은 샘물, 살아 있는 자연, 바리데기, 조왕신, 떠도는 무덤, 대지모신, 월경하는 부처입니다. 버림받은 것들의 흐르는 눈물을 닦아주고, 열이 펄펄 끓는 그들의 머리맡에서 밤새 병간호를 하고, 삼라만상을 먹여살리는, 양육과 수유授乳의 신입니다. 에바, 당신을 포함하여 세상의 무수한 '그녀들'은 무정형이며, 따라서 정수와 실체는 있으나 형체가 없다는 점에서 도道와 같습니다.

나는 날마다 늙은 어머니가 부친 소포를 받는다
커다란 금빛 둥근 달을

늙은 어머니는 아주 먼 데서 온다
늙은 어머니는 허리가 굽고
오래 쓴 관절들이 다 아파 밤에는 잠들지 못한다

늙은 어머니는 이 세상의 잘난 아들들을 낳느라

진이 다 빠졌다
뼛속이 하얗게 빈

골다공증의 늙은 어머니는
양수 속에 웅크린 태아처럼 몸을 동그랗게 말고
잠이 든다
그때는 꼭 애기 같다

늙은 어머니는 자본가도 혁명가도 아니지만
이 세상에 꼭 필요하다
늙은 어머니들이 이 세상을 부양하기 때문이다

늙은 어머니는 구운 감자처럼 따뜻하다
늙은 어머니는 잘 익은 제 속을 파먹으라고
지금도 커다란 금빛 둥근 달을 통째로 자식들에게 맡긴다

　　＿졸시, 「커다란 금빛 둥근 달」

　가족과 친지들이 뉴욕에 있다니 걱정이 크지 않을까 싶습니
다. 무역센터 빌딩에 있다가 희생당한 무고한 사람들을 생각하

면 날카로운 비애마저도 믿을 수가 없어 황당해집니다. 지금 이 순간은 살아 있지만 우리도 항시 비명횡사와 횡액의 표적으로 무방비하게 노출되어 있다는 사실에 진저리가 쳐집니다.

깊은 산중에 있는 산사에 가면 목어를 봅니다. 새벽과 저녁 예불에 앞서 스님이 목어를 두드립니다. 나무와 나무가 부딪치며 내는 무뚝뚝하고 둔탁한 소리. 본디 절집에서 목어를 두드리는 것은 물 속 중생들을 제도한다는 뜻이 있다고 하더군요. 이즈음에는 눈을 뜨고 자는 물고기처럼 늘 깨어 세상만사를 궁구하고 깨달음에 정진하라는 가르침을 담고 있다지요. 딱 따닥따닥 딱 따닥따닥…… 약간 흐려 달이 뜨지 않는 오늘밤에도 여전히 산사에서는 저 목어를 두드리는 소리가 적막하게 퍼져가고 있겠군요. 그 적막은 평화와 고요를 품고 있습니다. 옛 어른은 젊었을 때는 사람의 피와 기가 안정적이지 못하니 이때 경계해야 하는 것은 욕망이고, 사람이 성숙하고 피와 기가 견고해졌을 때 경계해야 하는 것은 공격성이며, 늙어 기가 쇠퇴해질 때 경계해야 하는 것은 얻으려는 욕망이라고 일렀습니다. 무엇보다도 먼저 잘 때도 눈을 감지 않는다는 물고기처럼 눈을 부릅뜨고 내 안을 들여다보며 마음에 무시로 일어나는 사심을 경계합니다. 달이 구름에 갇혀 있다가 언뜻언뜻 드러나곤 합니다. 편안한 밤이 되길 빕니다.

둥근 마음의 꽃망울이
몸을 열 때

가을비가 지팡이를 짚듯이 땅을 조심스럽게 두드리고 갑니다.
밖으로 나서니 차갑고 습기 많은 공기가 얼굴에 먼저 와 닿습니
다. 이마에 닿는 맞은편 산은 물안개 속에 그 형용을 감추고 있
고, 가까운 밤나무 숲은 아직은 녹색의 잎들을 달고 과묵하게
가을비를 견디고 있습니다.

   그 사이에 혼몽한 시간들이라고 할 수밖에 없는 것들이 떼지
어 지나갔습니다. 강남 삼성의료원에서 밤늦게 문상하고 돌아
오는 길에 차를 돌려 청담동의 낯선 바에 혼자 앉아 새벽까지
술을 마셨지요. 요즘 들어 드문 일입니다. 그날 밤 불가피하게 집
에 못 내려왔고, 이어진 서울 나들이에서의 밤샘…… 제가 패널

로 참여하는 케이비에스 방송의 프로그램 피디와 작가들이 가
을 정기개편에 다른 프로그램으로 옮기면서 벌인 조촐한 송별
모임이었지요. 연일 비생산적인 일로 강행군입니다. 몸은 지쳤
는데 마음 한켠에 등불을 켜둔 듯 환했던 것은 에바의 화사한
꽃카드 때문이었지요. 좋은 친구를 두었다는 기쁨이 꽃의 방향
芳香처럼 마음에서 내내 떠나지 않았지요.

　날들이 빠르게 지나갑니다. 해야 될 일의 진척은 한없이 더디
고 세월은 저만큼 앞서만 가고…… 크고 작은 일들이 꼬리를 물
고 이어집니다. 얼마 전부터는 월요일 오후마다 기독교방송의
에프엠 생방송에 나가 책에 관해 얘기합니다. 늘 바쁘다고 하면
서도 또 거기에 일을 하나 더 얹는 어리석음에 빠지고 맙니다.
하지만 바쁘다는 건 어떤 기억들에 관한 망각과 타락의 방부제
가 될지도 모릅니다.

　나는 여전히 단순해지려고 애씁니다. 나는 분명 아직 덜된 사
람이니까, 단순해지면 허물도 그만큼 작아지리라 희망해보는
것이지요. 단순함 속에서 한없이 게을러보았으면 합니다. 뼛속
까지 게을러져 그때 얻어지는 순도純度 높은 고요 속에서 걷는다
는 것, 풀꽃의 한 삶, 물이며 혹은 바람, 벼락치는 한순간 허공에
서 파열하며 정지되는 섬광 같은 시, 사람의 모듬살이, 나고 죽
는다는 것을 진지하게 사유해보았으면 합니다. 『화엄경』에 이

르기를, 일미진중함십방 微塵中含十方 이라 합니다. 뜻을 풀면 작은 먼지 알갱이 하나에도 우주의 이치가 서리지 않은 것이 없다 했으니, 나를 이롭게 하는 일체의 것들에 대해 어찌 한시라도 사유를 멈출 수 있겠습니까.

추석 뒤끝으로 이어지는 날들을 집에서 게으르게 뒹굴며 지냈습니다. 어머니와 남동생네, '여름'이 '솔'이와 같은 조카들과 함께 연휴 내내 잡채며 생선전과 같은 별식을 만들어 먹고, 얘기들을 나누고, 종일 방영되는 티브이에 시선을 빼앗기느라 몸도 마음도 함께 늘어졌지요. 책도 못 읽고 글도 전혀 쓰지 못했습니다. 연휴 끝날, 어머니를 시외버스 터미널까지 모셔다드리고 난 뒤 미리내 성지를 찾아 몇 시간 동안 혼자 산책했습니다. 가족들끼리, 혹은 연인끼리 산책 나온 사람들이 드문드문 눈에 띄더군요. 산책을 하다가 성당 안에 들어가 긴 나무의자에 혼자 오래 앉아 있었습니다. 유치원 아이들의 단체방문이라도 있었던지 노란 유치원 모자 하나가 주인을 잃고 의자에 놓여 있었지요.

고즈넉한 성당에서의 한때. 미리내 성지에서 함께했던 시간들이 불가피하게 떠올랐습니다. 그땐 몸도 마음도 참 좋았습니다. 미리내 성당에서의 호젓한 산책과 걸으며 나누었던 대화들은 참 즐거웠습니다. 특히 에바의 어린 시절 얘기들을 들을 때 매우 행복했지요. 오랜만에 음습하기만 했던 내면에 밝은 햇볕이 내리쬐는 듯한 기분…… 하지만 혼자 집으로 돌아와서는 몹시 우울해졌습니다. 그 우울은 내가 살면서 잃어버린 것들, 이제는 도저히 돌아갈 수 없는 과거의 시간들, 근원적 향수, 어떤 사람들에 대한 기억의 환기…… 그것들이 내 안에서 일으킨 화학 작용의 결과겠지요.

일요일엔 그동안 모자란 잠을 보충하느라 기절한 듯이 하루 종일 잠만 잤지요. 오늘 오후에 서울 목동에 있는 기독교방송에서 생방송을 끝내고 곧바로 영등포역으로 직행해 기차 편으로 돌아왔습니다.

지금은 밤입니다. 방송국 가는 길에 빗방울 몇 날이 후드득 떨어지더니, 방금 밖에 나가보니 비는 내리지 않는데 하늘이 흐렸는지 별도 보이지 않는군요.

지난번에 내려오자마자 르네 마그리트의 〈불길한 날씨〉를 찾아봤습니다. 그동안 사놓고는 읽지 않았던 수지 개블릭이란 사람이 쓴 『르네 마그리트』란 책을 단숨에 읽어치웠지요. 관습에의 배반을 통해 무언가를 말하려는 마그리트에게 가는 길로 '심각함'과 '유머'라는 두 개의 코드를 찾아냈습니다. 내게도 있었던 것, 하지만 지금은 많이 퇴화해버려 흔적만 남은 것들.

얼마 전까지 다치바나 다카시의 『나는 이런 책을 읽어왔다』를 재밌게 읽고, 안규철의 『그 남자의 가방』, 무라카미 하루키의

『무라카미 라디오』, 프란츠 파농 평전『나는 내가 아니다』를 읽고, 지금은 쓰지 유미의 『번역사 산책』, 고병권의 『니체, 천 개의 눈 천 개의 길』을 읽고 있는 중이지요. 『은밀한 생』은 사놓고 조금 뒤적거리다가 아직 읽지 않은 채 뒷전으로 밀어놓고……

　내가 감히 바라고 얻으려는 것은 느리게 살 수 있는 자유, 느림의 리듬…… 저 농경문화시대를 이끌었던 느림의 시간입니다. 느림의 시간 속에서만 나고 죽는 것들이 제 운명을 의탁하고 있는 저 세상만물의 긴 흐름의 세세한 결들이 비칩니다. 그래서 시골로 삶의 근거지를 옮겼던 것이지요. 지금까지는 잘 하고 있습니다.

　시골에 살면 달의 결영이나 태음력의 시간이 직관이나 영감에 훨씬 더 깊은 영향을 미치게 되는 걸 느끼지요. 아마도 생물학적 삶의 리듬에 관여하는 달의 조력 때문이겠지요. 특히 차고 이지러지는 삭망월朔望月 사이에 나타나는 달의 결영 변화에 마음을 주는 것은 그것이 삶의 주기에 대한 대유代喩로 딱 맞아떨어지기 때문이죠. 시골에 집을 지어 자연과 더불어 살아보겠다는 가망 없는 꿈을 한 번쯤 품어보지 않는 사람이 어디 있겠습니까.

　요즘 안젤로 브란두아르디의 음반을 시도 때도 없이 즐겨 듣습니다. 푹 빠져 있다고 해야겠지요. 어느 새벽엔 전주가 흘러나오고 있는데 울컥 하고 뜨거운 눈물이 걷잡을 수 없이 흘러내렸

습니다. 마음이 세상의 나고 죽는 모든 것들에 대한 연민으로
가득 차올랐는데, 꽃망울 같은 그 둥근 마음이 나도 모르게 터
져버렸던 것이지요. 나고 죽음은 순환입니다. 순환은 만물의 본
성입니다. 너나 할 것 없이 생물이 싹을 내고 꽃을 피우고 열매
를 맺고 다시 제 뿌리로 돌아가는 영원한 순환 속에 있습니다.
이 영원한 순환의 길 위에서, 먼저 가는 것들은 반드시 뒤에 오
는 나고 죽는 것들을 이롭게 해야 합니다. 뒤에 오는 것을 이롭게
하여 생명을 북돋우고 양육하지 않는 것은 악입니다.

　날이 바뀌고, 새벽 다섯시입니다. 밖은 자욱한 물안개. 생각
이 깊은 버드나무들은 노스님처럼 안개로 된 가사 장삼을 두른
채 바닥을 드러낸 저수지 바닥을 내려다봅니다. 봄가을 새벽마
다 찾아오는 자욱한 물안개는 물의 문하에 들어선 자에게 내리
는 작은 지복 중 하나겠지요. 크고 둥글던 달은 한가위를 넘어
서서 이지러졌습니다. 이제 그만 밖에 나가 '포졸'이와 '다다', 그
리고 '미르'의 아침밥을 챙겨주어야겠습니다. 또 소식 올리겠습
니다.

꿈꿀 권리

12월이 간다. 간밤의 노름판에서 판돈을 몽땅 털리고 터덜거
리며 돌아오는 탕자의 빈 가슴에 쌓이는 상심처럼 그렇게 왔던
12월이다. 나는 어두워오는 진흙도시의 한 모퉁이에 서 있다. 언
제 추방될지 모르는 장기 불법체류자처럼 그렇게 막연하게 호주
머니에 소중한 전 재산인 양 마른 잎사귀 같은 손을 집어넣고 서
있다. 어깨에 눌어붙어 있는 일상의 찐득한 피로들(!)로 내 어깨
는 약간 지상을 향해 처져 있다. 마치 상한 날개를 땅바닥에 끌
고 있는 날짐승의 꼴이다.

　나는 어쩌면 먼지의 반죽에 지나지 않을지도 모른다. 내 가슴
은 알 수 없는 절망과 불안, 그리고 공허로 가득차 있다. 나는 어

쩌면 이 도시의 삶에 지쳐 있는지도 모른다. 사람들은 어둠 속에서 저마다의 길로 바쁘게 가고 있고, 한 떼의 사람들은 우두커니 서서 타고 돌아갈 노선버스를 기다리고 있다. 이 생은 꿈이 아닐까, 한순간의 환몽에 지나지 않는 것은 아닌가. 기분 나쁜 회의가 혀뿌리 밑에 고이는 침처럼 넘친다. 나는 목이 몹시 말랐다.

물 뿌린 듯 일체의 소란을 잠재우고 고요하게 어둠이 다가오는 이 시각, 대숲은 새들의 날갯짓으로 시끄러우리라! 내 망막에 맺히는 이 어두운 풍경 속에서 날카롭게 비쳐들던 정월 아침의 한 줄기 햇빛을 본다. 어둠이 깊을수록 그 어둠을 찢고 나타나는 아침의 황금 태양은 더욱 빛날 것이다. 까뮈는 어떤 책에선가 그 태양빛이 주는 축복에 대해 쓰고 있다. "가난이 내게 불행이었던 적은 한 번도 없다. 빛이 그 위에 부富를 뿌려주는 것이다"라고. 아아, 얼마나 자주 충만한 절망이야말로 희망의 자양분이 되었던가! 연초에 세웠던 많은 목표들, 성취되어야 할 것들의 목록은 이제 무의미해졌다. 나는 어느 한 가지도 제대로 이루지 못했다. 하지만 나는 내 생에 달라붙은 실의를 가볍게 털어낸다.

12월의 어둠이 잉태하고 있는 새털 같은 새로운 날들은 희망과 위안의 근거다. 시체들의 굳게 닫힌 창고인 땅을 두드리고 가는 비둘기의 분홍색 발목처럼 추운 4월의 빗발들, 불빛으로 밝아오는 한여름의 건조하고 청명한 새벽들, 텅 빈 하늘 위로 비상하는 뿌리 없는 새들…… 철마다 피어나던 향기와 색깔이 각기 다른 꽃들과 둥근 젖가슴을 자랑스럽게 내밀고 걸어가는 여자들, 그리고 유리잔을 채우고 있는 황금빛 맥주와 사람들의 얼굴에서 피어나던 미소들! 세상은 그런 것들로 가득 차 있다.

지금 당장 얼음으로 채운 아이스티를 한 잔 마실 수 있다면! 모차르트의 음악을 들을 수 있다면! 뜨거운 물이 가득 찬 욕조에 몸을 담글 수 있다면! 마침내 쓰고 있는 책의 마지막 문장을 쓰고 마침표를 찍을 수만 있다면! 조용하고 아늑한 침상에서 눈을 떴을 때 망막 가득히 푸른 바다를 담을 수만 있다면! 깊은 어둠 속에 서서 나는 아직도 많은 것들을 바라고, 열망하고, 꿈꾼다. 꿈꿀 수 있다면 나는 아직 희망이 있는 것이다. 꿈꿀 수 있다면 나는 아직 젊고 많은 가능성을 가진 부자인 것이다. 나는 곧 이 진흙도시를 떠날 것이다. 이 진흙도시는 내 청춘과 꿈을 남김없이 탕진시키고 환멸만 주었다. 나는 시골로 내려갈 것이다. '시골'이라는 말만 들어도 내 가슴은 사뭇 두근거린다.

가난한 심령

단도직입적으로 말하자. 서울에서의 나는 몹시 불행했다. 더 정확하게 말하자면 '나는 어쩌면 매우 불행하게 살고 있는지도 모른다'는 근거 없는 나쁜 예감과 싸우며 살았다. 삶의 가장 행복한 순간에서조차 엔돌핀을 내 것으로 향유하지 못했다. 이것은 어쩌면 내 몫이 아닐지도 모른다는 생각 때문이다. 낯선 느낌, 그렇다, 낯선 느낌 때문에 나는 자주 행복감을 방기하곤 했다. 나는 비관주의자는 아니다. 그럼에도 불구하고 나는 '불행하다'는 주문에 걸린 사람처럼 늘 충분히 행복하지 못했다.

　나는 열심히 살았다. 거침없이 사람들을 만나고, 새로 나올 책의 표지들을 구상하고, 저녁이면 좋은 벗들과 유쾌하게 술을 마셨다. 나는 새벽이면 집 근처에 있는 공원에 나가 줄넘기를 하거나 숨이 턱에 차도록 달리곤 했다. 낮에는 바쁜 시간을 쪼개 수영을 했다. 그 덕택에 나는 수력발전소처럼 건강해졌고, 나 자신과 타자들에 대해 적당히 관대했고, 일은 내 기대보다 훨씬 더 잘 풀려나갔고, 내가 선택한 길에는 늘 행운이 따랐다. 내 삶에는 아무 '문제'가 없는 것처럼 보였다.

다시 한 번 그럼에도 불구하고, 나는 불행했다. 아니, 불행하다는 예감에 허덕였다. 나는 영원한 결핍감, 정말 중요한 것들에 대한 부재의 느낌에서 벗어나지 못했고, 삶을 완전히 내 손안에 쥐지 못했다. 나는 비누방울과 같은 시를 쓰며 술집에선 지나치게 큰 소리로 떠들고 밤에는 쉽게쉽게 잠에 떨어졌다. 차들은 과속으로 질주하고, 아이들은 환절기 때마다 기침을 콩콩거리면서 밤마다 커가는 꿈을 꾸며 자주 놀랐다. 그동안 나는 턱없이 행복하다고 생각했다.

모래를 실어나르는 강물은 강의 하단에 커다란 모래톱을 만들었다. 오랜만에 만나는 사람들 중에는 갑자기 하얗게 센 머리로 나타나는 사람도 있었다. 젊은 나이에 황당한 방식으로 죽은 시인의 영안실에 모인 사람들은 대상 없는 분노와 슬픔에 휩싸여 이상한 집단 패싸움과 과음에 빠져들기도 했다.

오후 내내 어디선가 가늘게 물 흐르는 소리 들리고, 봄날은 마치 끝나지 않을 듯이 길고 지루하게 흘러갔다. 잘못 걸려온 전화 두 통, 때를 놓치고 늦게 혼자 먹은 점심, 복부 팽만감으로 찾은 내과병원에서의 불친절한 검진. 그리고 밤이 되자 비가 왔다. 무거운 이마를 기대면 창가에 붉은 어둠이 밀려와 있는 게 보였다. 집 나온 고양이들이 극성스럽게 울고 있었다. 외로운 사람들 때문에 심야영화는 매진되었다. 고양이들도 외롭겠지. 지금 어디선가 누가 임종의 괴로운 순간을 견디고 있다. 목구멍까지 치밀어오른 울음을 참느라 얼굴이 부풀어오르면서 이상하게 일그러졌다. 죽음은 쉬지 않고 일한다. 죽음의 저 지칠 줄 모르는 노동력! 나는 배가 고프고 갑자기 초조해진다. 거실을 가로질러 부엌으로 가다가 거울을 본다. 거기 내가 없다. 다시 거울을 본다. 거기 삶의 하중에 찌들린 중년에 이른 한 남자의 초췌한 얼굴이 있다. 나는 거울이 무섭다. 나는 거울로부터 도망친다. 나는 피고, 죽음에 의해 기소된 초라한 남자에 지나지 않는다.

아, 왜 그랬을까. 내 근원적 불행감의 밑바닥을 들여다볼 시간이 없었다. 그렇게 바쁘게 살았다. 불행은 삶을 둘러싸고 있는 현실적 조건의 문제가 아니라 내 심령의 문제였다는 사실을 깨닫는 데 무려 삼십 년이나 걸렸다. 아아, 그렇다. 그것은 심령의 문제였다.

나는 그다지 불행에 합당한 존재가 아니었지만 '나'라는 존재의 저 내밀한 구석에 숨어 있는 '마음'이 불행했던 것이다. 내가 크고 작은 인생의 성취에 즐거워하는 순간에도, 좋은 벗들과 술 마시고 유쾌한 시간을 보낼 때에도 내 심령은 분노에 잠겨 침울하고 도저한 절망감에 쌓여 허덕이고 있었다. '나'는 부자였지만, '심령'은 빈곤했다. '나'는 건강했지만, '심령'은 오랜 피로감의 누적 때문에 만성질환자처럼 빈혈과 탈진으로 쓰러지기 직전의 상태였다. 그런데도 나는 고의적으로 '심령'을 돌보는 데 소홀했다. 내 생의 어딘가 근본적인 데가 어긋나 있다는 신호가 올 때조차 '난 아무 문제가 없어'라고 스스로에게 속삭였다. 정말 겉으로 보기에 나는 아무 문제가 없었다. 하지만 '심령'은 그렇지 않았다. 웃고 있는 동안에도 '심령'은 비통한 슬픔에 잠겨 있었고, 편안하게 자고 있는 동안에도 '심령'은 잠들지 못하고 핏발이 선 눈으로 밤의 한가운데를 응시하고 있었다.

　어느 날 밤 잠에서 깨어났다. 무슨 악몽을 꾸었던 것 같다. 하지만 그 내용은 기억할 수 없었다. 아직 꽃 피기 전의 3월이었고, 그리고 새벽 3시였다. 나는 어둠 속에 멍청히 앉아 있었다. 어떤 계시처럼 내 '심령'의 소리를 듣게 되었다. 마침내! 나는 어둠 속에서 종이와 필기구를 찾아 그것들을 적어 내려갔다. 이것은 내가 어둠 속에서 '심령'이 중얼거리는 소리들을 적은 것이다.

날 그냥 놔둬라.

날 건드리지 마라.

가슴에서 화석이 된 증오는 깨우지 마라.

가슴에 묻어논 피묻은 약속은 들추지 마라.

혼자 쓸쓸하게 기울이던 쓴 독주들이여.

나를 위로해다오.

기억하마.

구릉과 황혼이 주던 위안을.

3월의 지붕 위에 내리던 무책임하게 아름답던 때늦은 눈발들을.

칭얼대는 애기에게 붉은 젖 물리는 산모들을,

따뜻한 불빛들을 흘리고 섰는 저녁의 집들을.

처음부터 잘못 들어선 길인 줄 알면서도 끝까지 갈 수밖에 없었

던 막막함을.

나는 오래 불행했었다. 기억하마.

그 불운들마저 없었다면

내 삶은 또 얼마나 텅 비어 있었을까를.

아직 피지 않은 매화꽃 그늘에서 밤고양이들이 운다.

송신탑 근처 하늘에 뜬 달이 아주 조그맣다.

우주 끝에 나와 교신하고 싶어 하는 누군가가 있어

내게 보내는 무슨 알 수 없는 신호가 허공을 울린다.

구름이 달을 먹어치우고

이윽고 뿌리 없는 빗발들이 밤의 어둠에 흠집을 낸다.

오늘밤 덜컹거리는 세계의 모든 창문들을 덜컹대게 그대로

두라.

저 얼어붙은 대기가 금빛 진홍빛 그렇게 많은 꽃들을

감추고 있으리라고는 상상이 가지 않는다.

아직 꽃망울을 터뜨리지 못한 채 싸늘한

대기 속에 고개를 내밀고 있는 개나리, 매화, 목련의 꽃눈들.

인생이란 공금 횡령자의 형편보다 조금은 더 낫지 않겠는가.

누구도 한 마리 새가 될 수는 없다.

그래서 때로 탄식과 위안을 필요로 하지.

사는 것을 배우려고 했는데 죽는 법을 배우고 있었다니!

악을 쓰고 유행가를 부르고 소주를 마신다.

노래가 되지 못한 왁자지껄한 소음과 만취의 자기 방기 속에

송두리째 나를 내던지면 생은 조금 더 가벼워질까?

속물이라고? 욕망은 철거가 예정된 빈집 관리인에 지나지 않는다.

오래 산 자의 몸에서는 악취가 난다.

죄의 냄새다.

시골에 지은
집

우체국의 착오로 늦게 배달된 소포처럼 가을이 온다. 살균할 듯
이 도시의 아스팔트에 쏟아지던 여름의 폭염, 장마기의 고온다
습한 공기, 국토를 할퀴고 지나간 몇 차례의 태풍, 그리고 극성
스럽게 울던 매미 울음소리가 뚝 그치더니, 어느덧 가을이다. 공
활하게 펼쳐진 청명한 하늘과 연일 이어지는 쾌청하고 건조한
날씨는 다습성의 우울증과 불행에 기울어지던 내면의 관습조
차 보송보송하게 말려버린다. 나는 그동안 잃었던 밥맛과 함께
생의 명랑성을 회복한다.

　내 생의 기억에는 잊을 수 없는, 삶의 전환점이 되었던 여름도
있다. 서울에서 고속버스로 다섯 시간, 포항에서 다시 버스를

타고 동해안을 따라 여섯 시간이나 북상해서 캄캄한 밤에 닿은 그곳은 강원도와 경상북도의 도계에 위치해 있는 죽변竹邊이다. 나는 중형을 선고받은 죄인처럼 유배지 같은 낯선 그곳에 암울하게 팽개쳐졌다. 어둠 때문에 바다는 보이지 않았고, 멀리서 일정한 간격을 두고 철썩거리는 파도소리만 들렸다. 몇 개의 점포들, 생선 좌판을 늘어놓고 한없이 앉아 있는 얼굴이 까만 아줌마들, 저녁에 단 한 차례 철 지난 영화를 상영하는 극장, 키 작은 시누대가 밀생하는 언덕, 등대, 생선 썩는 악취와 비린내가 함께 뒤엉켜 있는 선착장…… 그것이 죽변의 전부였다. 주로 오징어와 꽁치를 잡는 배들이 몇 척 떠 있는 선착장 부근의 바다는 배들에서 흘러나온 기름들이 검은 띠를 형성하고 떠다녔다. 나는 바다를 처음으로 보았다. 바다만 처음 본 것이 아니다. 쓴 소주를 처음 마셨고, 생선회와 겨자를 처음 먹었고, 아무도 없는 백사장에서 절망감으로 헐떡이며 처음으로 수음을 하였다. 그러나 나는 그 낯선 곳을 찾아가며 품었던 내 생애 최초의 엄청난 모반은 끝내 실행에 옮기지 못했다.

그곳에서 나는 빈둥거리며 풀밭에 떨어져 있는 봉제인형처럼 막막하게 열일곱 살의 여름을 보냈다. 그 여름을 보냈다는 표현은 적절치 못하다. 그 여름 희디흰 햇빛은 수면제 분말처럼 쏟아져내렸고, 한낮이면 읍내 거리는 사람 그림자 하나 없이 텅 비었다. 나는 그 죽변에서 참혹한 열일곱 살의 여름을 견뎌냈다.

언제나 여름은 돌연 끝나버린다. 붉고 노란 잎들을 발치에 수북하게 떨어뜨리는 활엽의 나무들, 갈색으로 마른 풀들, 방충망에 날아와 그대로 죽어버린 매미, 차가운 이슬에 젖어 새벽 길바닥에 함부로 떨어져 있는 날벌레들…… 모든 가을은 항상 치명적으로 다가온다. 또한 모든 가을은 언제나 처음 오는 계절이다. 그것은 정신보다 먼저 몸으로 인지된다. 인류가 이 지구상에 출현한 이후 수천 년, 아니 수만 년 동안 유전자 속에 축적된 기억으로 내 몸은 이미 가을을 인지하고 그것을 맞을 준비를 하는 것이다. 가을이 품고 있는 것은 조락凋落과 동면冬眠, 죽음이다. 서서히 짧아지는 낮, 줄어드는 일조량. 가을이 쓸쓸해지는 것은 바로 그 때문이다. 아직 우리의 정신이 여름과 가을 사이에 있을 때 몸은 가을의 저 유서 깊은 정서를 수납하고 있는 것이다.

지난 여름까지만 해도 이 거대도시를 떠나지 못한 채 나는 초라한 망명객처럼 어슬렁거리고 있었다. 붉은 토마토를 크고 둥글게 익히고 자양분과 단맛을 배게 만드는 햇빛도 도시에서는 천덕꾸러기나 다름없다. 유기견들은 도시의 골목을 배회하면서 털이 빠진 남루한 생을 부양하느라 종량제 쓰레기봉지를 터뜨려 그 내용물을 해체해 먹이를 찾는다. 여름 햇빛이 쏟아지는 광장에는 사람 그림자가 하나도 없다. 솔기가 터진 채 버림받은 봉제

인형처럼 나는 도시에서 나른한 권태감에 허덕거려야만 했다.

　이 여름의 끝에 나는 두 가지의 큰일을 끝냈다. 하나는 여덟 해째 계속 붙잡고 있던 방대한 책의 원고 집필을 끝낸 것이고, 다른 하나는 서울에서 자동차로 한 시간 거리에 있는 지방에 집을 지었다. 집이 완공되자마자 나는 매우 지리한 단조單調의 삶이 반복되는 서울살이를 단호하게 청산했다. 서울에서 70여 킬로미터 떨어진 시골에 마련한 새집으로 책과 세간들을 싣고 서울을 떠났던 것이다.

　광대하게 펼쳐진 저수지 물이 내려다보이고, 산을 품고 있는 땅에 작고 소박한 누옥을 지은 것이다. 나는 이 땅을 오래 전에 샀다. 틈이 날 때마다 혼자 내려와 물을 바라보고, 봄이 되면 감나무며 대추나무를 심었다. 그리고 건축업자에게 부탁해 조립식 집을 지었으나 제대로 써보지는 못했다. 감나무와 대추나무들은 해마다 잊지 않고 실한 열매들을 맺는다. 예전에 지었던 낡은 조립식 건물을 헐어내고 내 손으로 직접 새집을 지었다. 산과 물이 어우러진 곳, 집 가까이 밤나무 숲이 있고, 누옥 뒤편 숲 속 길을 오르면 옻나무 군락지 안에 약수터가 있다. 이곳은 내 새로운 거처였다. 이곳에서 나는 단순한 시골생활을 꾸리며 전업 작가의 삶을 이어나갈 것이다. 적당한 침묵과 명상, 산책, 책읽기, 글쓰기로 이루어진 단순한 생활, 안으로 깊어지는 내면의 사유…… 나는 그런 삶을 꿈꾼다. 예전에도 그랬고 지금도 변함없이 내가 열망하는 것은 자유롭게 살기, 영혼의 정화, 삶의 완전한 향유다.

나는 시골 태생이지만 서울에서 서른여섯 해라는 긴 세월을 살았다. 가난한 집안의 장남이어서 상속받은 유산도 없었고, 오로지 내 능력에 의지해 살아야만 했다. 삶은 부박하고 고달프고 거칠었다. 아무 가진 것 없이 한 여자와 혼인을 하고 세 아이를 두었다. 월세방에서 전세방으로, 단칸방에서 두 칸짜리 집으로, 한옥 문간방에서 단독주택으로, 연립주택에서 아파트로. 한 해나 두 해 걸러 살 집을 찾아 이사를 다녀야 했다. 이사하기가 명절 돌아오는 것보다 더 자주였다. 서울에서 몇 번이나 이사를 했는지 헤아릴 수조차 없다. 그 번잡한 이사를 스무 번, 서른 번쯤 치러냈다. 어쩌면 그 이상이었는지도 모른다. 그 많은 책들을 묶었다 풀었다 하고, 가난한 세간을 쌌다 풀었다 하기를 그만큼 했다. 그 속에서 현무암 속처럼 깊이를 알 수 없는 불행을 묵묵히 견뎌왔다.

집은 지붕과 창들과 벽면과 벽면들로 분할된 공간의 조합이 아니다. 집은 그 이상이다. 집은 다른 살아 있는 것들과 마찬가지로 견고한 물질적 외관과 눈에는 보이지 않는 생명을 갖고 있고, 그 안에 자기만의 내면을 갖고 숨을 쉰다. 집은 그것이 자리잡고 있는 토지의 생김새, 그 견고한 형태 속에 깃드는 빛과 바람, 침묵, 그 외관을 감싸는 푸른 하늘과 땅, 주변의 활엽수들, 지붕의 선 너머로 펼쳐지는 산의 능선들에 의해 마침내 완공된다. 집은 온갖 크고 작은 주거와 관련된 욕망과 필요에 부응할 뿐만 아니라 삶의 취향과 리듬을 만들고 몽상과 내면의 기질을 배양하며 인생을 풍부하게 만든다.

새집에 들어와 첫 밤을 보내며 저 어린 시절 자주 숨곤 하던 다락방과 같은, 내 몸을 감싸는 아늑함을 느꼈다. 그 설렘과 감격은 땅과 근원적 유대감을 품고 있는 집의 안락감에서 비롯된 것이다. 아아, 오랜 방랑을 끝내고 비로소 내 집에 돌아와 눕는다! 그 날아갈 듯한 기쁨, 그 깊은 느낌! 아주 두터운 어둠이 감싸고 있는 새집에서의 잠은 깊고 아늑하다. 새벽에 잠 깨면 집 주변의 어스름한 여명 속에서 물안개를 가사袈裟처럼 휘감고 있는 나무들이 말없이 서 있다. 도시에서 보던 나무들과는 뭔가 다르다. 도시의 나무들은 단지 세월을 견디고 있다는 느낌이지만, 이곳의 나무들은 삶과 자연에 대해 깊이 사유하고 있는 것 같다. 도시의 나무들은 도시 미관을 위한 하나의 부속물에 지나지 않지만, 이곳의 나무들은 당당하게 인격화되어 제 삶의 주체로 주변 환경을 완벽하게 장악하고 있다.

추석 연휴 즈음에는 집 바로 옆의 밤나무 숲에 들어가 밤을 주웠다. 타지 사람들도 차를 몰고 밤을 주우러 오곤 했다. 새벽 일찍 일어나보면 마당에 낯선 차들이 주차해 있는데, 그것은 필경 밤을 주우러 온 사람들의 차량이다. 그들은 아무 양해도 구하지 않고 내 집 마당에 차를 대놓고 밤을 줍는다. 어떤 사람은 가을 내내 밤을 주우러 왔다. 나는 그가 몇 자루나 되는, 그 많은 밤들을 주워다 어디에 쓰는지 알 수 없다. 분명한 것은 한 식구가 먹기엔 너무 많은 밤을 거둬간다는 사실이다.

여러 관목과 활엽수들, 밤나무들이 빽빽하게 엉켜 들어선 숲은 환한 대낮에도 그늘 때문에 어두컴컴하고, 공기는 차고 축축하다. 나는 그 숲의 어둠이 주는 공포감 때문에 감히 그 숲에 다가가지 못했다. 밤나무 숲으로 나를 유인한 것은 아름이 벌어져 떨어진 밤들이다. 나는 며칠째 새벽마다 밤나무 숲으로 달려간다. 장화를 신고 긴 바지를 입은 채 밤나무 숲에 들어서면 단단하게 잘 여문 갈색의 알밤들이 젖은 나뭇잎과 풀덤불 위에 떨어져 있다. 풀숲에서 주운 밤을 가만히 들여다본다. 속이 꽉 차 단단한 밤들은 갈색의 반들반들한 몸통을 갖고 있다. 밤들은 여물기까지 빗줄기와 바람과 폭염과 태풍을 이겨냈을 것이다.

모든 '열매'들이란 자연의 재난과 시련을 극복한 결과물이다. 사람은 누구나 살아가면서 크고 작은 시련과 장애를 만난다. 어떤 사람은 그 시련과 장애에 꿈이 꺾인 채 낙담과 실의의 세월을 보내기도 하고, 어떤 사람은 그것을 이겨내고 마침내 자기 꿈을 실현한다. 삶의 '열매'란 저절로 주어지는 것이 아니다. 그것은 시련과 장애를 이겨낸 보상이다. 태풍의 영향으로 오늘밤의 바람이 거셌으니, 내일 새벽 밤나무 숲에는 더 많은 알밤들이 떨어져 있을 것이다.

단순함

도시에서 시골로 내려온다는 것은 단순히 주거환경을 바꾼다는 것 이상의 의미가 있다. 거기에는 자연스럽게 삶의 형태와 양식의 변화가 따른다. 도시에 사는 사람들은 우선 늘 시간에 쫓기는 사람들이다. 그들은 대개 부족한 수면시간 때문에 몽롱한 상태에서 아침식사조차 거르고 퉁겨나가듯이 집을 나와 일터로 향한다. 도시의 아침 풍경 중에 지하철이나 버스에서 조는 사람을 보는 건 매우 흔한 일이다. 그들은 살아가는 데 너무나 많은 짐을 갖고 다니는 사람들이다. 도시인들은 그 하중에 짓눌려 피로와 수면부족에서 좀처럼 벗어나지를 못한다.

내가 오랫동안 지켜온 삶의 원칙은 '사유는 고매하고, 생활은 단순하게'이다. 나는 그걸 지키기 위해 무진 노력한다. 하지만 거꾸로 되기 십상이다. 이런저런 자질구레한 행사와 모임에 불려 다니고 도락道樂 모임에 끼어들고…… 그렇게 사람들과 휩쓸려 지내다 보면 사유는 단순해지고 생활은 번잡해진다. 전날의 과음으로 아직 두통이 남아 있는 상태에서 책상 앞에 앉아도 글은 써지지 않고…… 그때는 후회를 해보아도 늦은 것이다.

오랫동안 내가 꿈꾸었던 삶은 새벽부터 낮까지 지치도록 글을 쓰고, 그 다음에는 산책을 하고, 해가 진 뒤에는 등을 밝히고 책을 읽는 생활이다. 나는 소로우Henry David Thoreau처럼 숲에서 혼자 살아보고 싶다. 그렇게 극단적으로 단조로운 삶. 소음과 불필요한 전화와 일체의 번잡스러움과 차단된 조용한 시골생활을, 해가 지고 나면 집 뒤 어두운 대숲에 새들이 깃드는 것을 관조하는 시골생활을 오래 꿈꾸었다. 산책길의 끝에 작은 찻집이 있고, 그 찻집의 창밖으로 바다가 내다보인다면 더욱 근사할 것이다. 나는 오래도록 도시를 떠나지 못하고 있었다. 도시를 떠나기엔 내 피가 뜨겁게 들끓고, 일과 거래들에서 자유롭지 못한 것은 아직 내게 가족부양의 책임이 지워져 있었기 때문이다. 나는 끈질기게 운명의 불길한 예감들과 싸우며 힘겹게 글을 쓰고 책을 읽었다.

조깅과 같이 혼자 하는 운동을 좋아하는 사람은 아집에 빠져 있는 사람인 경우가 많다. 생각해보니 수영이나 마라톤 같이 내가 좋아하는 운동들이 혼자 하는 운동들이다. 내가 그 운동들을 좋아하는 것은 자기 절제와 극기에 도움이 되기 때문이다. 자기 절제와 극기의 정신이 부족한 사람은 결코 혼자 있을 수 없다. 그들은 혼자 있을 때의 외로움과 단조로움을 이겨낼 수 없다.

나는 꿈꾼다. 밝은 방, 사람들의 웃음소리, 음악, 책, 담소, 평화로운 저녁, 오솔길······ 나는 진정으로 사람들과 떨어져 외톨이가 되고 싶지는 않다. 하지만 사람들과 만나 덧없는 잡담으로 소모하는 시간은 끔찍하다. 내가 혼자 있고 싶어 하는 것은 사람들을 싫어해서가 아니라 그것이 내가 정한 삶의 규범들을 깨뜨리고, 내가 지향하는 '깊고 고요한 삶'을 방해하기 때문이다. 나는 침묵, 견고한 책상, 펜과 백지, 나만의 시간, 무서운 집중력······들을 꿈꾼다. 강한 자만이 무엇인가를 이루어낼 수 있고, 강한 자만이 자기만의 시간을 취한다. 인류에게 유익한 그 무언가 경이로운 것은 거의 모두 정금과도 같은 순도 높은 자기만의 시간에서 탄생한다. 자기만의 시간의 그 초인적 인내, 그 몰입, 그 황홀한 자기 연소 없이는 진부한 삶 외에 아무것도 없다.

도시에서의 삶은 효율성과 빠른 속도, 더 높은 경쟁력이 강요되고 개인의 삶들은 어느 정도 규격화되어 있다. 도시에서는 부랑자나 실업자, 병약자, 노인들을 제외하고는 천천히 걸어가는 사람을 찾아보기 힘들다. 사람들은 매우 빠른 걸음으로 어딘가로 이동한다. 지하철 통로나 계단에서 거의 뛰듯이 걷는 사람을 만나는 것은 드문 일이 아니다. 그들은 조찬 모임, 회의, 계약, 거래를 위해서 그렇게 바삐 움직인다. 사람들이 각자의 목적지를 향해 남보다 빨리 도착하려는 욕망을 동시에 분출하기 때문에 도로는 차량으로 꽉 메워지고, 이것은 필연적으로 교통체증으로 이어진다. 한낮 도심의 넓은 도로가 차량들에 의해 점령되어 버리면 차량들은 길게 꼬리를 잇고 마치 깊은 사유에 빠진 철학자처럼 매우 느리게 움직인다. 느릿느릿 빠져나가는 차량들은 사유하기를 잊어버린 도시인들을 대신해서 사유하는 것처럼 보인다. 도시인들은 차 속에 갇혀 스마트폰과 같은 개인 통신기기를 이용해 계약과 모임의 시간을 변경한다. 4천만 남짓 사는 이 나라에서 개인 통신기기 사용자가 4천만이 넘었다는 것은 절망할 일이다. 그것은 통신서비스를 제공하는 회사들이 구축한, 전자통신의 네트워크라는 감옥 속에 자신을 스스로 가둔 사람의 숫자다. 이처럼 도시에서의 하루하루는 대체로 복잡한 일정으로 꽉 짜여 있고, 그것들은 모두 부와 명성, 권력에 초점이 맞춰져 있다.

물질주의적 팽창을 추구하는 동안 돌보지 않고 버려진 우리의 내면에서 영성靈性은 메마르고 황무지와 다름없이 되어간다. 그런 사람들은 겉으로는 풍요롭게 보일지 모르지만 내면으로는 몹시 빈곤하고 불행에 허덕인다. 사무실, 지하철, 백화점, 병원에 가면 그런 사람들이 차고 넘친다.

시골에서의 삶은 단순하며, 한가롭고, 느리며, 느슨하기까지 하다. 시골의 길 위에서 뛰는 사람을 만나는 일이란 매우 드물다. 새벽에 일어났다 할지라도 몽롱하지 않다. 충분한 휴식과 수면을 취했기 때문이다. 도시를 떠나 시골에 가서 살기를 마음먹고 내려온 사람은 도시의 삶이 강제하는 무한속도 경쟁의 터널에서 빠져나온 사람, 즉 탈주자다. 그가 시골에 정착하기 위해서는 도시적 삶의 양식에서 탈주할 뿐만 아니라 능동적으로 시골에서의 삶이 요구하는 단순함의 방식, 느림의 방식을 받아들여야 한다. 그것은 달리는 토끼에서 천천히 기어가는 달팽이에로의 전환을 뜻한다. 그것은 인간을 욕망의 덫과 고속화된 속도와 생산성의 유령으로부터 자유롭게 하는 근본 생태주의의 삶의 방식으로 바꾸는 것이다.

삶에서의 단순성은 자발적 능동성을 요구한다. 그렇게 되어야 한다는 강렬한 깨달음과 의지가 수반되어야만 성취될 수 있는 그 무엇인 것이다. 생활의 규모를 줄여야 하고, 생활에 긴요하게 쓰이지 않는 불필요한 물건들을 버려야 한다. 욕망의 부피를 현저하게 줄이지 않는다면 삶의 단순성은 얻어질 수 없다. 불필요한 물건들이 생활공간에 놓여 있을 때 기(氣)의 흐름은 정체되거나 왜곡된다. 그것은 우리의 사색과 명상의 방해물이 된다.

단순한 삶의 방식을 받아들인 사람들은 소비하는 데서 제 존재 이유를 찾던 사람들이 아니다. 물론 몇백만 원이나 하는 밍크코트나 최신형의 대형 냉장고를 사들이는 데서 얻는 기쁨도 없지 않다. 시골에서의 단순한 삶의 방식을 기꺼이 받아들인 사람이라면 텃밭에 뿌린 상추나 아욱의 씨들이 틔운 연초록의 싹들, 노란 꽃 아래 달린 애기주먹만 한 수박, 비 갠 뒤 여름 하늘에 청명하게 떠오른 무지개, 뜰로 뛰어들어온 청개구리, 캄캄한 개울가에 반짝반짝 불빛을 밝히며 떠다니는 반딧불이, 바람 한줄기, 할로겐 램프를 켜놓은 것 같은 밤하늘의 무수한 별들, 금방이라도 마당으로 한꺼번에 쏟아져내릴 것만 같은 별들…… 이런 것들이 주는 작은 기쁨과 가치를 인정할 수 있는 사람들이다. 단순한 삶의 길로 들어선 사람들은 시골길을 걸어가면서 벌개미취, 노루귀, 매발톱, 꿩의 바람, 노란줄무늬비비추, 야생초들을 그냥 지나치지 않는다. 그것들과 대화한다. 그것들은 '나'와 더불어 함께 사는 무수한 '너'다. 누가 가꾸지 않아도 '스스로 그러함' 속에 제 존재를 실현하고 있는 그것들은 '나'의 고향이 되어준다. 시골은 '나'를 아무 조건 없이 반기는 무수한 '너'들로 이루어져 있다. 도시에서 태어난 사람조차 시골에 와서 비로소 존재의 충일, 즉 어떤 안도감과 근원적 충만감에 빠져드는 이유도 거기에 있다.

처음 맞는
봄

봄은 기다리지 않아도 온다. 며칠 새 햇볕에 온기가 돌고, 언 땅은 풀린다. 겨우내 얼어 있던 집으로 들어오는 진입로의 빙판이 녹고, 집 주변의 산수유나무며, 조팝나무, 미선나무, 산목련, 박태기나무, 배롱나무 들의 가지에도 생기가 돈다. 머지않아 그 나무들에 연초록 잎눈이 돋아날 것이다. 요즘 자주 원예종묘회사에서 펴낸 도록을 펼쳐보며 집 주변에 심을 유실수들, 낙엽 관상 수종과 활엽 수종의 묘목 가격이나 비탈진 곳에 심을 구절초, 달맞이꽃, 붓꽃, 원추리꽃, 쪽제비싸리, 참싸리와 같은 지피 수종의 종자 가격 따위를 눈여겨본다.

지난 겨울엔 유난히 눈이 많고, 날도 추웠다. 거처를 서울에서 안성으로 옮기고 난 뒤 첫 번째로 준비없이 맞은 그 겨울을 나느라고 고생이 자심했다. 밤새 잎을 떨군 밤나무 숲의 마른 가지들은 흰 붕대를 감싼 듯이 하얗고, 새벽마다 물안개를 피워올리던 저수지의 수면도 얼어붙어 도색한 듯 눈부신 흰색 일색이다. 나는 밤 사이에 마술처럼 변해버린 주변의 풍경을 둘러보며 경이로움에 취해 감탄사를 토해내곤 한다. 아침이면 감나무 가지마다 까치떼가 몰려와 소란스럽게 울어대고, 밤에는 산 속의 고라니들이 먹이를 찾아 집 근처까지 어슬렁거리며 내려오기도한다. 눈의 무게를 견디지 못하고 부러지는 설해목_{雪害木} 소리가 밤의 정적을 깨뜨리며 빈 하늘로 울려퍼진다. 눈 그친 새벽 하늘에 별들은 또 얼마나 풍성하게 열려 있었던가!

봄은 꽃들의 난장_{亂場}이다. 촛불 같은 꽃봉오리를 피워올린 목련이며, 담장마다 무더기로 피어나 땅을 향해 둥글게 휘어지는 노란 개나리꽃 덤불, 진달래꽃 따위가 한꺼번에 만개한다. 온갖 봄꽃들이 시끌벅적대는데, 무청에 파란 싹이 돋아나는 동안 골목엔 사각사각 연필 깎는 고요가 소리 없이 익어간다. 그 도시에서 나의 봄은 속절없었다. 제대로 돌보지 못한 슬하의 삼남매는 노랗고 축축한 안개 속을 하염없이 걸어가고 있고, 나는 겨우겨우 정신을 차려 몇 권의 책을 썼을 뿐이다. 그 봄에 나는 몹시 아팠다. 집 근처 나지막한 언덕에 아픈 몸을 끌고 올랐더니, 천지에 하얀 눈사태 같은 분분한 낙화였다. 나는 서른 해 이상을 살았던, 그래서 너무나 익숙하게 내 몸에 익숙한 그 도시를 떠나기로 결심했던 것이다.

얼마 지나지 않아 겨울이 닥치고, 이 시골에서의 삶이 내게 심어준 환상은 '냉혹한 현실' 앞에 여지없이 깨져버린다. 지하수를 끌어올리는 펌프를 얼지 않도록 잘 간수해야 하는데, 이를 소홀히 해서 낭패를 보고 말았다. 생활용수는커녕 식수도 바닥이 나서 한동안 1킬로미터쯤 떨어진 산 밑 약수터에서 식수를 길어와야 했다. 게다가 폭설이 내린 뒤 바로 진입로의 눈을 쓸어주어야 하는데, 그것을 방치해버렸더니 진입로는 그대로 얼어붙어 빙판길이 되고 말았다. 보일러의 난방유가 떨어졌는데 진입로가 빙판길이 되어버린 탓에 유조차가 왔다가 되돌아갔다. 하룻밤을 냉동창고가 되어버린 집에서 추위에 떨며 이불을 뒤집어쓴 채 지내야만 했다. 이튿날 플라스틱 물통을 윗집 마당에 세워두었던 차의 트렁크에 싣고 주유소로 석유를 사러 갔다. 사나흘 간격으로 그렇게 난방유를 사 날라 보일러의 기름탱크에 갖다 부어야만 하는 수고를 감당하지 않으면 안 되었다. 하지만 그 수고로움은 자연과 가까이 살면서 자연의 혜택을 누리는 데 불가피하게 지불해야 하는 비용 정도로 여긴다.

이제 밤은 짧아지고, 낮은 길어진다. 나는 전보다 자주 들에 나가 땅을 밟으며 우주의 생동하는 기운을 몸에 채우려 한다. 발바닥이 딛고 있는 이 땅은 결코 죽은 땅이 아니다. 땅은 내 피와 혼을 보다 더 생기 있게 만드는 정령들로 가득 차 있다. 나는 축축한 습기를 머금고 있는 흙 한줌을 쥐어 코 가까이에 대본다. 진흙에서는 나른한 햇빛과 으깨진 풀꽃, 썩어가는 가랑잎들이 뒤엉켜 뿜어내는 독특한 향기가 난다. 흙의 깊고 부드러운 냄새, 그것은 세월의 냄새다. 비와 바람과 햇빛이 한데 어울려 만든 냄새다. 그 향기는 내 핏줄 속에 쾌락으로 녹아든다. 나는 그것들이 내게 베푸는 축복들을 굳이 유예하지 않는다. 나는 쾌락을 남용하는 자는 아니지만, 그 향기가 날카롭게 환기해주는, 보다 확실하게 살아 있다는 확신과 기쁨, 그리고 생의 예지들을 맘껏 들이켜려 한다. 행복해진다는 건 의지의 지향점이고, 그것이 아니면 안 되는 대체할 수 없는 그 무엇을 향한 끝없는 열정의 산물이며, 그것을 온몸으로 느끼고 받아들이는 능력이다. 내가 분명하게 말할 수 있는 것은 행복은 어떤 조건의 충족이 아니라는 것이다.

나는 이제 봄이 베푸는 지복至福들을 고스란히 받아들인다. 저 봄의 나른한 햇빛과 흙냄새, 그리고 아지랑이 속에서 내 핏줄에 꿈틀대는 충동과 나태와 쾌락 등에 대한 더 이상의 불필요한 죄의식을 털어버리기로 한다. 행복해진다는 건 하나도 부끄러운 일이 아니다. 내가 심은 유실수들, 집 주변을 둘러싸고 있는 산수유나무, 조팝나무, 미선나무, 박태기나무, 배롱나무 들과 함께 내 삶을 보다 친절하게 돌보고, 그리고 죽은 밤나무의 빈 가지에는 능소화를 올리고 그 불꽃같은 주황빛 꽃들과 함께 내 삶을 꽃피우려고 한다.

침묵

일주일째 아무 말도 하지 않고 지낸다. '다다'가 설사를 멈추지
않아서 동물병원에 다녀온 뒤로 침묵을 이어간다. '다다'는 안
성천변 노지에 서는 가축시장에서 한 달 전에 사온 강아지다. 함
께 지내고 있는 둘째아이가 일보러 서울로 올라간 뒤 말할 사람
도 없고, 말할 필요도 없기 때문이다. 내가 말하지 않으니 바깥
의 소리들이 분명하게 들린다. 뻐꾹새는 새벽부터 집 근처 나무
에 와 울고 먹이를 찾는 딱따구리가 죽은 밤나무에 달라붙어 부
리를 요란스럽게 놀리고 있다.

　밤 열시쯤 잠자리에 들면 새벽 네다섯시면 어김없이 눈이 떠
진다. 새벽 공기를 마시며 저수지로 내려가는 밤나무 숲길을 산

책하고 돌아와 '다다'와 '포졸'이에게 사료를 주고 나도 아침식사를 한다. 오전 동안에는 고전음악을 틀어주는 에프엠 채널에 고정시켜놓는다. 그렇다고 집중해서 음악을 듣는 것은 아니다. 나는 음악과 상관없이 집안 일을 하며 안팎을 드나든다. 묘목에 물을 주고 들어오면 여전히 고전음악이 흘러나오고 있다. 방문 앞을 어슬렁거리는 강아지나 안팎으로 드나드는 바람이 그 음악의 애청자다.

현대는 소음의 시대다. 안이고 밖이고 시끄럽다. 도처에 소리가 넘쳐난다. 가장 고요해야 할 가정조차 소음에 점령된 지 오래다. 실내는 채 의미가 되지 않은 온갖 소리들로 가득 차 있다. 얼마나 많은 집들이 텔레비전이 쏟아내는 상업방송의 소음들에 무방비한가를 떠올려보라! 소음들은 집 안의 신성한 에너지를 남김없이 먹어치운다. 그리고 소음들은 나쁜 에너지를 뱉어낸다. 소음의 폭압 속에 현대의 영혼들은 짓눌려 있다. 소음의 시대에 '나'의 말은 '너'에게 미처 가 닿지 못하고 중간에서 소멸한다.

'나'의 말이 '너'에게 가 닿기 전에 소음에 침윤되어 그 본래의 뜻을 잃어버린다. 그러므로 소음의 시대에는 진정한 '나'와 '너'의 소통은 불가능하다. 대체로 '나'와 '너'의 관계는 뒤틀려 있다. '나'는 '너'에게 존재의 고향이 되지 못한다. '나'는 다만 '너'의 어떤 필요를 감당하는 '그것', 즉 소모적 존재에 불과하다. 진정한 침묵은 중국 호북성湖北省의 기원전 3백 년쯤으로 추정되는 전국시대 무덤에서 발굴된 죽간竹簡에서나 찾아볼 수 있다.

이 세상에는 수많은 감옥들이 있다. 햇빛도 잘 들지 않고 한 평도 채 되지 못한 비좁은 독방에서 침묵과 명상과 책읽기에 빠져 있는 독거수들이 있다. 그들 중 어떤 이들은 침묵의 철학자, 침묵의 성자들이다. 그들이 사상범이거나 살인범이거나 절도범이거나 죄목은 그다지 중요치 않다. 그들이 감옥에 오기 전에 방탕했다거나 나태하고 무절제한 날들을 보냈다거나 하는 것도 별로 의미가 없다. 독방에서 지내는 동안 침묵이 그들의 내면에 뿌리를 내리고 줄기를 키우는 동안 그들의 내면 형질이 변화하기 때문이다. 침묵은 그들을 욕망과 두려움과 증오에서 해방시킨다. 침묵이 좋은 포도주처럼 그들의 영혼을 취하게 하고, 이윽고 서서히 내면으로부터 새로운 사람으로 변화시킨 것이다. 그들은 더 이상 예전의 그들이 아니다.

침묵은 말의 부재상태일 수는 있지만 의미의 부재상태는 아니다. 침묵은 말의 자의성이나 일회성이 붕괴된 뒤 그 위에 견고하게 세우는 의미의 성채다. 침묵은 단순한 말의 비움이 아니다. 그 비워진 자리에 의미를 충만시킬 때 비로소 침묵이 깃든다.

일찍이 말의 한계를 선취하고 절망해본 자들만이 침묵으로 나아간다. 침묵은 내면의 신성한 부동성의 반영이다. 침묵은 말없음을 넘어서는 데 있다. 말없음은 피동성의 산물에 지나지 않는다. 말없음은 단지 말의 빈곤, 소극적 수락, 불충분한 의사표현이다. 더러는 말없음이 용납할 수 없는 것을 피동적으로 용인하는 비열함에 귀결된다. 말하지 않음으로 말하는 것, 그것이 말없음이다. 말없음은 의미의 부재, 가치의 부재라는 속성 때문에 결국은 소음의 세속성으로 전락한다. 침묵은 그 말없음의 피동성을 역겨워한다. 침묵은 말없음의 몰염치, 몰가치성을 부정하는 자리에 제 영지를 만든다.

우리 시대에 침묵하는 자들은 소수다. 그들은 계율이 엄격한 수도원의 수도사들이거나 묵언정진默言精進하는 절집의 스님들, 그리고 소수의 화가나 시인들이다. 화가나 시인들에게 침묵은 창조의 불가결한 질료이며 자양분이다. 그러므로 침묵은 도무지 억제할 수 없는 내면으로부터 분출되는 말이다. 침묵은 매우 능동적인 행위다. 그것은 창조의 태胎, 정신 수련의 극점이다. 침묵의 내재적 덕성 중의 하나는 신성한 에너지를 집어삼키고 몸피를 키우는 소음의 해악을 거둬들이고 정화하는 데서 찾을 수 있다. 침묵의 소리 없음에 밀착해서 삶의 내밀성이 기르는 양치류 식물들이 촘촘하다.

산책

산책은 내 중요한 일과 중의 하나다. 5월 내내 멀고 가까운 산들
이 운무가 낀 듯 뿌옇게 보였던 것은 송화가루 탓이다. 바람에
흔들릴 때마다 소나무는 송화가루를 공중에 포연砲煙처럼 흩뿌
린다. 소나무는 그렇게 해서 제 씨앗을 널리 퍼뜨리려는 것이다.
자연에 각인된 종족 보존 본능은 섬뜩하기조차 하다.

　6월로 접어들자 집 옆에 거대한 군집을 이룬 밤나무들이 일
제히 꽃을 피워낸다. 이미 녹음을 이룬 잎과 줄기 위로 밋밋하고
길쭉하게 뻗어나간 흰꽃이 밤꽃이다. 밤꽃 향기는 6월의 대기
중에 매우 높은 질량으로 퍼진다. 새벽이면 그 향기는 더욱 강하
게 코로 밀려와 아찔한 현기증을 일으키기도 한다. 연초록이 섞

인 흰색 밤꽃은 화려하지 않고 소박하다. 나는 새벽마다 집 마당을 벗어나자 곧바로 이어지는 오솔길을 거쳐 밤꽃이 흐드러지게 피어 있는 밤나무 숲 속으로 산책을 나선다. 오솔길 바닥에 밤꽃들이 함부로 떨어져 벌레처럼 나뒹군다.

산책자들은 햇빛이 너무 뜨거운 정오를 피한다. 산책자들은 햇빛이 아직 열기를 품기 전인 아침이나 그늘이 넓게 드리워지는 오후 늦은 시간을 선택한다. '산책'이라고 발음되어지는 순간 'ㅅ' 'ㅊ' 같이 파열음을 내는 자음들과 'ㅏ' 'ㅐ' 같이 초성으로 발음되는 자음들을 부드럽게 감싸는 모음들, 그리고 'ㄴ' 'ㄱ' 같은 낱말의 받침 소리들 속에 듬뿍 배어 있는 풀냄새, 흙냄새가 내 코끝을 가볍게 스쳐간다. 산책은 사물과 세상에 대한 불필요한 관여를 끊어버림으로써 얻은 칩거와 한가로움의 소산이다. 산책은 느리게 흘러가는 우주의 리듬과 세계를 관조하는 자의 여유 속에서 이루어진다.

음악의 선율은 사방의 고요에서 의미를 얻고, 불꽃은 밤의 공간에서 자양분을 얻는다고 앤 모로 린드버그는 『바다의 선물』에서 말한다. 나는 말한다. 게으름에 의해 바쁨은 그 의미를 얻고, 산책에 의해 삶은 비로소 그 가치를 인증받는다라고. 산책은 일체의 공리적 행위들에 대한 무저항의 저항이고, 강제된 노동에 대한 태업이다.

산책은 걷기의 한 형식이다. 다비드 르 브르통은 산책을 '목적 없는 거닐음에로의 고요한 초대'라고 정의한다. 산책의 유용성은 막후에 은폐되어 있거나 두드러지지 않기 때문에 빈둥거림과 잘 구별되지는 않는다. 그럼에도 산책에 대한 평판은 그다지 나쁘지 않다. 산책은 정신적 이완과 휴식을 위한 육체적인 활동이라고 협소한 의미 속에 가둬둘 필요는 없다. 산책을 옹호하는 소수의 철학자들은 그것이 감각과 정신의 깨어 있음을 바탕으로 하는 지적 활동이라고 말한다.

산책은 내 심령의 저 안쪽에 콜타르처럼 달라붙어 있는 불행의 느낌들을 조금씩 덜어낸다. 산책은 치유의 한 방식이다. 내 심령이 느끼는 불행은 다름아닌 오랫동안 도시에 거주하면서 생긴 자연自然의 결핍에서 비롯된 것이다. 자연은 문자적으로 해석하면 '스스로 그러함'이다. 자연은 우주의 영원한 율동과 움직임 속에 현현되어 있는 유기적 존재태다. 산책은 '내'가 그 자연 안에 있으며, 자연의 한 부분이라는 사실을 일깨워 돌려준다. 나의 '심령'은 내 안에 있는 부동의 중심점이다. 그 안은 본래 비어 있다. 비어 있는 상태이기 때문에 자연 만물에 감응할 수 있다.

대부분의 산책자들은 천천히 걷는다. 걸음걸이는 걷기 자체를 명상 수련의 수단으로 삼은 위빠사나 수행자의 그것과 닮아 있다. 산책자의 단순하고 느린 걸음에 구현되어 있는 것은 태극

권, 명상 수련, 단전호흡, 글쓰기에 구현되어 있는 정신과 동일한 정신이다. 그것은 현대의 삶이 안고 있는 일체의 복잡함과 번거로움, 그리고 권력자들과 공리주의자들과 조급한 실적주의자들이 득세하는 저 도시의 삶에 대한 통렬한 야유다. 산책의 유용성은 강박증이나 히스테리에 대한 이완의 효과에서 찾을 수 있고, 그것의 미덕은 산책자의 내면에 관용의 정신, 포용력, 덕성을 크게 고양시키는 데서 찾을 수 있다.

도시에 살면서 '도보 고행자'에서 '산책자'를 거쳐 '농부'로 가는 길 위에 서 있는 시인이 있다. 그의 눈길은 우리가 말살해버린 저 농업의 시간, 우리를 억압하지 않는 느림의 시간에 닿아 있다. 그것은 "농업박물관 앞뜰 / 나는 쪼그리고 앉아 우리 밀 어린싹을 / 하염없이 바라다보았다 / 농업박물관에 전시된 우리 밀 / 우리 밀, 내가 지나온 시절" (이문재, 「농업박물관 소식—우리 밀 어린싹」)에서 말하는 우리 밀의 시간, 이미 '지나온 시절'인 농경사회의 시간을 가리킨다.

도시를 한가롭게 걷는 산책은 도시의 삶을 지배하는 광속의 네트워크로부터 자신의 삶을 단절하는 행위다. 시인은 도심을 느릿느릿 걸으며 그 몸이 잃어버린 저 농경사회적 저속의 시간을 제 몸으로 이전하려고 한다. 과거로의 퇴행이 아니다. 그 느림의 행보는 '자연의 일부로 돌아가 온전한 몸의 존재로 살아가기'

이며, '문명의 범위 밖으로 나가버리는 것'이다. 그 느릿느릿 옮기는 걸음은 저 지나간 농경사회의 시간이 삶에 베풀던 평화와 복록에 바치는 하나의 의례이며, 광속의 네트워크에 의해 가동되는 거대도시의 비인간적 시간을 향한 항의다. 시인은 제 몸 속에 있는 '농경 공동체 문화에 대한 유전자적인 그리움'이 부풀어 오르면 '게으르고 게으르고 또 게을러서 마침내 게을러터져야 한다'고 매우 단호한 어조로 말한다.

산책자들이 즐겨 찾는 장소는 대체로 번잡스럽지 않은 곳이다. 인적이 드문 오솔길, 버드나무의 밑동이 물 속에 잠긴 저수지 주변, 약수터로 향하는 밤나무 숲속 길…… 지각없이 행동하는 사람들은 시끄럽게 떠들거나 부산한 행동으로 그런 장소들에 서린 신성한 고요를 깨뜨리고, 조화의 기운을 함부로 흩뜨려놓기 일쑤다. 그들은 타자에 대한 예의가 부족한 사람들이다. 지각을 갖고 행동하는 산책자라면 제가 지나간 길 위에 어떤 흔적도 남기지 않는다. 이런 경우 흔적들이란 흔히 민폐이거나 공해이기 십상이다.

어쩌다 오솔길에서 청설모나 꿩이나 두더지나 고라니 따위를 만날 때도 있다. 그들과의 뜻밖의 만남은 산책의 즐거움 중의 하나다. 산책의 즐거움은 많은 경우 풍경을 바라보는 시선의 즐거움에서 비롯된다. 매일 똑같은 소롯길을 산책하더라도 오늘의 소롯길은 어제의 그것과 같지 않다. 소롯길 주변의 풍경은 날마다 조금씩 진화하고 있다. 어제 봉오리를 맺었던 풀꽃은 오늘 만개한 흰 꽃을 보여준다. 오솔길이 끝나면 밤나무와 소나무가 넓게 점령한 숲속이다.

한적한 그 숲속에 들어가 산책의 비밀스런 의식을 집전한다. 옷을 남김없이 벗고 낙엽 위에 눕는다. 이 숲속까지 사람이 들어오는 일은 거의 없다. 몸을 눕히기 전에 낙엽 밑에 밤송이가 숨어 있는지를 꼼꼼하게 살펴야 한다. 밤송이의 가시들에게 날카롭게 한 번 찔리게 되면 가시를 빼내느라고 고생을 할 수도 있다. 나는 삼십 분이나 한 시간 정도 숲속에 누워 반수면 상태 속에서 숲을 흔들고 지나가는 바람소리, 새소리, 물소리에 귀를 기울인다. 그러는 동안 나무를 성장하게 하고 풀꽃들을 부양하는 숲속의 신령한 기운이 내 몸으로 스며든다. 이것은 정화의 의식이며, 문명에서 자연으로 귀의하는 나만의 의례다. 이 비밀스런 의식을 집전하며 내 몸의 잡스러운 기운들을 몰아내고, 내 의식의 안쪽에 고여 있는 나쁜 침전물들을 흘려보낸다. 그렇게 나는 지친 심령을 새롭게 하고 내 피는 대지로부터 활력을 수혈 받는다. 산책을 마치고 돌아와서는 작설차를 한 잔 마신다. 코끝으로 그 향기를 천천히 음미하며 차를 한 모금 삼킨다. 그것으로 내 산책의 일정은 끝이다.

가을이 깊어지면 깊어질수록 내 지혜도 더 깊어졌다. 이게 다 안성에 와서 사는 덕이다. 달과 물안개, 밤나무 숲과 숲속을 돌아나가는 청정한 바람이 나와 한 핏 줄이라는 것도 여기 살면서 비로소 깨달았다.

느림이 구현되어 있는 것들, 이를테면 마차, 자전거, 한량들, 오솔길, 농업, 수공업, 노을진 해변, 산책의 기억……들은 차츰 사라져버린다. 느림이 멸종된 빈자리에 패스트푸드, 성능 좋은 자동차, 고속도로, 컴퓨터, 자동화 시스템, 쏟아져 나오는 각종 신제품들이 차지해버린다.

태양 별은 강한 독을 품고 있어서 들판의 풀들과 돌들은 그 햇볕을 받고 시들
어 바래지거나, 푸석푸석 부서져 내린다. 내 머리 위로 지나가는 정오의 가을
빛은 황갈색이다.

단순하고 고요한 생활에 대한 꿈은 기어코 나를 시골로 이끌었다. 이제 나는 '만일 진지한 마음으로 시골에서 사는 삶을 꿈꾸고 그 생활이 자기에게 맞는가'를 시험해보고자 한다면 멀리 떨어진 도시에 살면서 재미 삼아 한번 시도해봐서는 안 된다. 자기 발로 이슬을 헤치며 걸어가야만 한다.

느리게 산다는 것

느림

인류가 제 신체의 에너지만으로 움직이는 속도를 멸시하고 기계
에 전적으로 그것을 위임해버렸을 때, 효율성이라는 일방적인
척도에 의해 한가로움을 반윤리적인 것으로 규정하고 삶에서
추방해버렸을 때 느림은 우리 삶에서 더 이상 발붙일 곳이 없어
졌다. 사람들은 느림을 악덕으로 간주하고, 시대에 뒤떨어진 것
으로 규정해버린다. 직접 씨를 뿌리고 재배하는 것, 가구를 제
손으로 만드는 것, 빵을 직접 구워내는 것, 제 살 집을 목수들과
함께 짓는 것, 이런 느림의 삶에서 얻는 지복은 매우 하찮은 가
치가 되어버린다.

느림은 오랫동안 무능력의 징후로 오해되고, 그 가치는 편견과

몰이해 속에서 형편없이 폄하되어왔다. 문자를 늦게 깨우치고, 수학문제를 늦게 푸는 학생들은 흔히 '지진아'나 '문제학생'으로 분류되기 십상이다. 업무를 늦게 처리하는 사람은 태만하거나 무능력하다고 분류된다. 신속하고 민첩한 행동이 신뢰받고, 직장이나 조직사회에서 유능하다고 평가되며, 남보다 빠른 승진을 약속 받는다. 이 한심하고 몰가치한 것, 무능력과 비효율성의 표지인 느림의 가치가 21세기로 접어들면서 재평가되고 있다.

　오늘의 삶을 움직이는 것은 광속이다. 광속은 지구를 둘러싸고 있는 'CNN과 인터넷, 그리고 국제 금융자본의 그물망'에 의해 가동되는 현대 문명의 핵심이며, 자본과 권력은 그것에 경쟁적으로 달라붙는다. 그 속도는 우리에게 풍요와 편리를 주겠다고 유혹한다. 그리고는 삶을 소비와 욕망의 감옥 속에 가둬버린다. 디지털, 인터넷, 정보고속도로 등의 용어들은 오늘날 우리의 삶이 얼마나 속도의 효율성이라는 주문에 걸려 있는지를 보여준다. 속도는 도시를 움직이는 모든 계기판과 대량 생산시설은 물론이거니와 제도와 규범, 풍속과 인간관계까지 장악하고 뒤흔든다. 광속은 효율과 생산성을 숭배하는 도시와 문명의 산물이고, 그것은 궁극적으로 죽음으로 귀착되는 속도다. 반면에 느림은 자연과 농업문화의 결에 맞는 친생태적 사고의 산물이고, 생명의 속도다. 우리가 느림이라는 자연의 시간에 귀의할 때

비로소 잃어버린 생명의 위엄을 되찾을 수 있다.

고도 성장사회를 거쳐오면서 우리는 속도의 효율성에 중독되어버렸다. '빠름'은 성공 신화의 중요 요인이 되고, 돈이 되기도 한다. 빠르게, 좀 더 빠르게. 이것은 스포츠의 구호가 아니다. 우리의 일상은 속속들이 '빠름의 신화'에 중독되고 오염되어버렸다. 우리는 '빠르게'라는 주문에 걸려 '현재들'을 놓치고 산다. 우리는 귀중한 '현재'의 시간들뿐만 아니라 그 시간의 켜켜에 가득 차 있는 의미와 기쁨, 영혼의 빛과 위안들을 지나쳐버린다. 삶은 현재와 현재의 연결이다. 그러므로 현재를 놓친다면 우리는 진정으로 살고 있는 것이 아니다. 잘 산다는 것은 '현재'를 차가운 머리와 뜨거운 가슴으로 산다는 뜻이다.

느림을 의식적인 수행의 한 방법으로 삼는 사람들이 위빠사나 수행자들이다. 위빠사나 수행자들은 마치 병자가 된 것처럼 천천히 걷고, 천천히 먹고, 천천히 말한다. 위빠사나 수행자들은 밥 한 숟갈을 뜨면서 오로지 밥 한 숟갈을 뜬다. 밥숟갈을 입으로 가져가며 오로지 밥숟갈을 입으로 가져간다. 입에 넣은 밥을 씹으며 밥을 씹는다고 되뇌며 그 순간의 행동 하나하나를 의식화하고 음미한다. 수행자들은 공양시간을 빼고 좌선坐禪과 경행經行을 반복하며 하루 일과를 보낸다. 경행에 들어간 수행자들은 느릿느릿 명상에 잠겨 걷는데, 그때 그들의 느린 걸음걸이는 마치 잠에 취해 흐느적거리는 것같이 보인다. 그들은 진정으로 몸과 심령을 느림에 의탁해 살고 있는 것이다.

느림이 구현되어 있는 것들, 이를테면 마차, 자전거, 한량들, 오솔길, 농업, 수공업, 노을진 해변, 산책의 기억…… 들은 차츰 사라져버린다. 느림이 멸종된 빈자리에 패스트푸드, 성능 좋은 자동차, 고속도로, 컴퓨터, 자동화 시스템, 쏟아져 나오는 각종 신제품들이 차지해버린다.

대체로 사람들은 미래의 행복과 기쁨을 위하여 오늘의 수고와 강도 높은 노동을 기꺼이 받아들인다. 내일의 행복을 위해 오늘의 휴식과 한가로움이 보장하는 여유를 유예시키는 것을 비난할 수는 없다. 하지만 막상 '내일'이 오늘이 되었을 때 어제의 수고와 강도 높은 노동이 '오늘'의 행복을 담보하지 못한다는 걸 알았을 때는 이미 늦다. 그렇게 우리는 무수한 '오늘'들을 헛되이 흘려보내고 난 뒤다. '오늘' 실현되지 않고, 끊임없이 '내일'로 유예되거나 지체되는 즐거움과 행복은 끝끝내 '나'의 향유가 되지 못하는 신기루일 뿐이다. 아, 나는 그 신기루에 홀려 여기까지 왔다.

삶을 미친 듯이 흔들어대는 이 가속도의 메커니즘을 끊지 않으면 안 된다고 몇 번이나 결심했다. 그렇지 않으면 미치거나 죽을 것만 같았다. 그래서 나는 조촐하게 살러 시골로 왔다. 나는 시골을, 시골의 삶에 충만해 있는 느림을 오랫동안 그리워해왔다. 그걸 이제야 실천에 옮길 수 있었다. 시골에서의 일상은 느림 그 자체다. 천천히 밥 먹고, 천천히 옷 입고, 천천히 개에게 먹이를 주고, 천천히 산책을 한다. 새로 돋는 잎들 사이로 날카롭게 뻗어오는 빛들을 보는 순간 문득 나는 어떤 고립의 느낌을 강하게 느낀다. 하지만 고립은 그것을 능동적으로 받아들인 자에겐 더 이상 고립이 아니다. 가뭄이 계속되었어도 노란 수박꽃 밑에 엄지손톱만큼 작은 수박이 매달렸다. 지금 이 순간 부화하지 않은 것들은 끝내 부화하지 못한다.

이 순간을 살지 못하는 당신에겐 삶이란 아예 없는 것이나 마찬가지다. 이 순간에도 당신은 당신이 알지 못하는 곳으로 흘러가고 있다. 올 봄에 심은 나무 중에 석류나무가 가장 늦게 잎을 피워낸다. 저수지 바닥이 다 드러나도록 비가 없다. 벌써 용솔 묘목의 반이 벌겋게 잎이 말라죽었다. 물의 문하에 들어선 자에게 이보다 더 큰 실망은 없다. 하지만 물은 돌아온다. 땅으로 다시 돌아와야 할 물이 순환을 멈추고 한 군데 조금 오래 지체하고 있을 뿐이다. 내 전생은 라마승이었다. 마흔 너머부터는 라마승의 삶의 길을 갈 수밖에 없다. 큰 불편을 냉큼 받아들였더니 마음의 작은 불편들이 입을 다문다. 시골에 오니 절망의 부피가 줄어들고 비로소 희망이 보였다.

느림의 삶을 실천했던 헬렌 니어링은 우리에게 이렇게 속삭인다.

> 어떤 일이 일어나도
>
> 당신이 할 수 있는 한 최선을 다하라.
>
> 마음의 평정을 잃지 말라.
>
> 집, 식사, 옷차림을 간소하게 하고 번잡스러움을 피하라.
>
> 날마다 자연과 만나고 발밑에 땅을 느껴라.
>
> 농장 일이나 산책, 힘든 일을 하면서 몸을 움직여라.
>
> 근심 걱정을 떨치고 그날 그날을 살아가라.
>
> 날마다 다른 사람과 무엇인가를 나누라.
>
> 혼자인 경우에는 누군가에게 편지를 쓰고,
>
> 무엇인가 주고,
>
> 어떤 식으로든 누군가를 도우라.
>
> 삶과 세계에 대해 생각에 잠겨보는 시간을 가져라.
>
> 할 수 있다면 생활에서 웃음을 잃지 말라.
>
> 만물에 깃들여 있는 하나의 생명을 눈여겨보라.
>
> 그리고 세상의 모든 피조물에 사랑을 가져라.

헬렌 니어링은 저 반인간적 속도에 제 삶이 속수무책으로 방기되는 것과 싸운 사람이다. 속도의 삶은 경쟁과 탐욕을 그 동력으로 해서 움직인다. 그것은 반자연적일 뿐만 아니라 인간을 갈등과 대립, 전쟁으로 내몬다. 느리게 산다는 것, 그것은 지름길로 가는 것이 아니라 일부러 에돌아 가는 것이다. 그것은 가던 길을 멈추고 천천히 숨을 고르며 '자신'을 꼼꼼하게 살피는 것이다. 그것은 혼자 있는 시간을 더 많이 갖는 것이다. 그것은 자신의 내면을 고요하게 만들고 거기에 침묵과 명상의 나이테가 그려지게 하는 것이다. 그것은 집착과 인연의 얽매임을 끊고 자유롭게 되는 것이다. 헬렌 니어링은 평생의 동지이자 반려자인 스콧 니어링과 함께 자연으로 돌아가 손수 집을 짓고 느림의 '완전하고 조화로운 삶'을 살았던 사람이다. 나는 그를 진정으로 느림의 가치를 재발견한 사람으로 마음 속에 새긴다.

세상의 문물들이 헐거운 몸으로 흘러 들어오지만 그것들은 좀체 내 것이 되지
못하고 덜컥거리기만 했다. 득음이 요원하던 시절이다. 항간의 불화한다는 소
문들이 용서되지 않는 밤이 많았다.

선사는
내게 말한다

선사禪師들은 무수한 일화들을 남긴다. 한 젊은 스님이 선방에서 오랜 세월 동안 화두를 붙잡고 수행에 정진했다. 그러던 어느 날 젊은 스님이 조주 스님을 찾아와 말했다.

"스님, 이젠 제 마음속에 욕심의 번뇌 따위는 깡그리 없앴습니다. 제 마음엔 실오라기 하나 걸친 게 없습니다."

"뭐가 없어?"

"실오라기 하나 걸치지 않았다고요."

젊은 스님은 조주 스님으로부터 칭찬을 은근히 기대하고 있었다. 그 젊은 스님의 대답에 이어지는 조주 스님의 딱 한 말씀.

"그래? 넌 굉장한 걸 걸치고 있구나."

벌써 5월이다. 조팝나무 가지를 하얗게 덮은 꽃잎들이 바람에 꽃비처럼 떨어져 내리더니 이제 산은 초록으로 부풀어오른다. 나는 밤의 어둠이 대지를 덮으면 잠자리에 들고 새벽에 일어나 이슬을 헤치며 집 주변의 숲속을 산책한다. 이 단순한 생활에 잘 적응하고 있고, 그 덕분에 나는 매우 건강해졌다.

5월에는 실오라기 하나 걸치지 않은 '나'로 돌아가자고 내게 속삭인다. 시골에 내려왔다고 해서 욕심의 번뇌, 오만 따위가 저절로 사라지는 것은 아니다. 내 마음은 여전히 욕망들로 들끓고, 그로 인해 생겨나는 번뇌는 잠을 설치게 한다. 그렇기 때문에 나는 혹시 내 마음이 '굉장한 걸 걸치고' 있지는 않은지를 살핀다. 마음이 걸치고 있는 '굉장한 것들'은 본성을, 다시 말해 순수한 '나'를 가린다.

아침에 일어나 신문을 읽고 붐비는 지하철 속에서 부대끼며 출근하다가, 또는 여느 날과 다름없는 식사를 하고 커피를 마시다가 문득 '나는 누구인가' 하는 물음과 만난다. 대도시에 살 때 나의 내면을 미친 개처럼 마구 물어뜯던 물음이다. 나는 비명을 지르고 고통을 잊기 위해 술로 도망가곤 했다. 그 물음은 근원적이면서도 아주 오래된 물음이다. 사람들은 그 물음의 답을 구하기 위해 출가를 하고, 제 고향을 떠나 낯선 고장들을 떠돌기도 한다.

도시에서 나는 자주 피로해지곤 했다. 그것은 몸의 문제가 아니라 정신의 문제였다. 도시에서의 삶은 고리대금업자, 중개인들, 변호사들, 상인들, 야바위꾼들……과 함께 사는 것이다. 그것은 뺏고 빼앗기는 침탈과 방어의 게임, 위선과 기만의 게임이다. 아, 나는 얼마나 깊이 그런 삶에서 벗어나기를 꿈꾸었던가.

단순하고 고요한 생활에 대한 꿈은 기어코 나를 시골로 이끌었다. 이제 나는 '만일 진지한 마음으로 시골에서 사는 삶을 꿈꾸고 그 생활이 자기에게 맞는가를 시험해보고자 한다면 멀리 떨어진 도시에 살면서 재미 삼아 한번 시도해봐서는 안 된다. 자기 발로 이슬을 헤치며 걸어가야만 한다. 그 일에 등부터 들이미는 것이 아니라, 머리부터 들이밀어야 한다'는 충고에 진심으로 귀를 기울인다. 나는 '등'이 아니라 정말로 '머리'와 '발'을 한꺼번에 들이밀었던 것이다.

시골에서 살기로 결심했다면 어느 정도의 불편과 고립을 감수해야 한다. 하지만 불편과 고립이 꼭 나쁜 것만은 아니다. 도시에서 살 때는 나의 자질구레한 욕망들은 그때그때 충족되었다. 그 욕망들은 아주 작은 것들이다. 도시에서는 흔한 편의시설이 없는 시골에서는 그것들은 자주 유예되거나 지체된다. 신문은 늦게 배달되고, 아주 작은 물건 하나라도 사기 위해서는 시내로 나가야 한다. 여름날 차가운 맥주 한 잔의 짜릿한 쾌락, 안락

의자가 있는 찻집에서의 휴식, 읽고 싶은 책과 음반 구입, 갓 구
워낸 빵들과 같은 일상적 쾌락을 향한 나의 욕망이 시골에서는
지체되거나 좌절된다. 매우 불편한 일이다. 하지만 그 불편을 통
해 나는 참을성을 키우고 나의 조급한 욕망들에 대해 유연해질
수 있다. 또한 고립은 사유를 깊게 하고, 본질에 보다 가까이 가
게 만든다.

나눔의
의미

서른 해가 넘는 서울생활을 접고, 시골로 거처를 옮기기로 결정
한 것은 쉽지 않았다. 내 몸과 생활습관의 많은 부분들이 이미
도시화되고, 도시의 물적 혹은 문화적 환경에 길들여져 있기 때
문이었다. 하지만 나는 의식을 압박하는 도시적 삶의 속도에 지
쳐 있었고, 비본질적인 것에 너무 많이 소모되고 있다는 느낌에
서 벗어나고 싶었다. 살고 있지만 진정으로 살고 있지 않다는 느
낌은 매우 괴로운 것이다. 도시를 떠나 '흙을 밟으며 살고 싶다'
는 욕구는 매우 강렬했다. 그 욕망의 이면에 자리잡고 있는 것은
깨끗하고 분수에 맞고 단순하게 사는 삶에 대한 욕망이다.

　도시에서의 삶이 끝없이 제 욕망을 팽창해가는 삶이라면, 시

골에서의 삶은 조촐하게 사는 것을 뜻한다. 시골에서는 흙에 속한 나무와 풀에서 나는 것, 이를테면 과일, 나무 열매, 씨앗, 싹, 뿌리를 중심으로 하는 식단을 갖는다. 잃은 것은 도시적 삶이 주는 안락과 편의, 어떤 인간관계들이고 찾은 것은 흙과 바람, 그리고 물과 더 가까이 지낼 수 있는 자연에서의 삶이다. 내 삶을 전반부와 후반부로 '나눌' 수 있다면 이제 도시에서의 전반부 삶은 협궤열차처럼 사라져버린 것이고, 시골에서의 후반부 삶은 막 열리는 순간에 놓여 있다.

시골에 와서 산책을 나섰을 때의 일이다. 이웃에 사는 이와 길에서 마주쳤는데, 내게 '어디 가느냐?'고 묻는다. 나는 '산책 중'이라고 말한다. 시골사람들은 그 무목적성의 어슬렁거림을 이해하지 못했다. 이웃집 농부와 길에서 마주쳤을 때, 나는 인사를 나누고 그 농부의 손에 눈길을 준다. 오랜 노동으로 고목의 등걸처럼 굳고 거칠어진 손. 그 손은 평생 나눔과 공유의 철학을 실천하며 자기중심적인 욕심에서 벗어나 이타적인 사랑과 헌신을 실현해가는 손. 흙을 일구며 흙의 생명력을 북돋우며 생명사상과 공동체 의식을 실천해온 살림의 손. 자연의 이법에 순응하는 손. 농부는 너른 땅 위에 온몸의 노동으로 시를 쓰는 흙의 시인이다.

'나눔'에 대해 생각해본다. '나눔'에는 여러 가지 뜻이 겹쳐져 있다. 사과를 두 쪽으로 '나누고', 생물을 동물과 식물로 '나누고', 술이나 한잔 '나누고', 이야기를 '나누고', 즐거움이나 고통을 누군가와 '나누고', 바쁜 시간을 '나누어' 책을 읽고 누군가의 병문안을 가기도 하고…… '나눔'은 하나로 되어 있는 것을 둘 이상으로 경계를 짓거나 따로 갈라놓음, 즉 분절의 뜻을 갖고 있다. 거기에 덧붙여 제가 소유한 물질이나 기회들을 타인들에게 덜어주는 행위. 성질이나 종류에 따라 분류하는 것. 한 곳에서 갈리어 저마다 다른 방향으로 가게 하는 것. 한 핏줄을 타고 나는 것. 음식을 함께 먹는 것. 그 모든 것이 '나눔'이 두루 품고 있는 뜻이다.

필연적으로 사람은 '나눔'의 존재다. 가장 먼저 우리는 어머니의 모태에서 '나뉘어진' 존재다. 어머니의 '나눔'이 없다면 우리는 존재할 수조차 없다. 어머니와 아버지는 얼마나 많은 것들을 우리에게 '나누어'주었는가. 부모란 생명뿐만 아니라 자신의 것들 중에서 가장 좋은 것들을 기꺼이 자식들에게 나누어주는 존재다. 우리를 키운 것은 그 '나눔'이다. 무보상적인 '나눔'의 행위는 숭고하다. 그것은 타자의 생명을 북돋우고, 그 생명의 가능성들을 풍부하게 만든다. 부모는 말할 것도 없거니와 핏줄을 함께 '나눈' 형제들과 한 가족을 이루고 살아간다. 살아가면서 타인들이 베푸는 크고 작은 '나눔'을 통해 우리는 생을 영위해간다.

물 한 잔을 나누고, 밥 한 그릇을 나누고, 따뜻한 말 한마디를 나누며, 우리는 살아가는 것이다. '나눔'은 욕망, 허세, 위선에서 나오지 않는다. 그것은 타자를 향한 '나'의 이타적 사랑, 진정한 관심과 배려에서 나온다.

동물들은 필연코 목전의 필요에만 복속되어 스스로를 넘어설 수 없다. 나는 동물들이 다른 동물들을 위해 자원봉사, 헌혈, 자선 따위를 베푸는 것을 보지 못했다. 동물들은 오로지 자신의 배고픔, 자신의 추위에만 반응한다. 그것이 동물과 인간 사이에 가로놓여 있는 차이다. 사람은 이타적 '나눔'을 실천할 수 있는 존재지만 동물은 그렇지 못하다.

자세히 들여다보면 동물의 세계에도 '나눔'이 아주 없는 것은 아니다. 펠리컨이란 새가 있다. 사람들은 펠리컨을 그 생김새가 독특한 새로만 기억한다. 펠리컨 어미새의 유별난 모성애는 그리 널리 알려져 있지 않다. 펠리컨이 먹이를 부지런히 구해와 새끼 새들을 부양하는 것은 다른 새들과 그다지 다를 것이 없다. 헌데 먹이를 구하지 못해 새끼새가 굶게 되면 펠리컨은 제 몸의 한 부분을 쪼아 피를 내어 새끼에게 먹인다고 한다. 동물의 세계에도 '나눔'이 있다. 하지만 그 '나눔'은 본성적이고, 그것이 미치는 영역은 매우 협소하다.

사람만이 '나'이면서 동시에 '나'를 넘어설 수 있다. '나'를 넘어설 때, 다시 말해 삶의 실천과 의지가 오로지 '나'의 욕망, '나'의 호구지책에만 비끄러매어지는 것을 거부할 때 사람은 비로소 열린 삶의 주체가 된다. 열린 삶이란 '나' 아닌 타자를 향한 관심과 배려를 향하여 나아가는 삶이다. 예수와 석가, 마더 테레사, 이태석 신부, '국경 없는 의사회' 사람들, 그리고 세계 도처에 흩어져 말없이 남을 위해 기꺼이 자신을 희생하는 것을 기쁨으로 삼는 무명의 자원봉사자들 같은 이들이 바로 열린 삶을 살아가는 자들이다.

'나눔'은 자신을 낮추고 비우는 행위다. '나눔'은 그의 눈높이로 세상을 바라보는 것. 그것은 그와 더불어 살고 있다는 신념에서 나온다. 탐욕의 전횡에서 벗어나지 못하는 자에게 '나눔'은 없다. '나눔'은 사람의 내면에 있는 신성과 위대함을 발견하게 한다. '나눔'이 없는 세상은 불행과 야만이 주인으로 행세하는 척박한 세상이다. '나눔'은 세상의 불의와 불공평과 불행을 아주 없애지는 못하지만 그것을 견디게 하는 힘을 준다.

낮잠

새벽녘께 후드득 제법 여문 대추알 떨어지는 듯한 빗소리가
나더니 이내 소나기로 이어진다. 올 봄엔 땅이 쩍쩍 갈라지고,
묘목들이 벌겋게 말라죽는 가뭄이 석 달여간 계속되어 농사짓
는 사람들의 애를 어지간히도 태웠다. 그 많던 저수지 물도 마른
지 꽤 오래다. 저수지는 황폐한 바닥을 드러내고, 그 위로 연일
땡볕이 내려꽂힌다. 어디선가는 모내기를 하지 못한 농부가 농
약을 마시고 목숨을 끊었다는 끔찍한 소식도 전해진다. 그런 가
뭄을 해소하는 비니 사람이나 밭작물이나 숲의 나무들에게 고
마운 단비가 아닐 수 없다. 잠결에 듣는 빗소리가 음악을 연주하
는 것만 같아 얼굴에 저절로 미소가 그려진다.

비는 날이 새고도 이어졌다. 목마른 대지에 어느 정도는 해갈이 되었을 성싶다. 신발을 꿰어신고 밖으로 나서니 바로 계단 앞까지 엄지손톱 크기만 한 청개구리 대여섯 마리가 이리저리 펄쩍거리고, '다다'와 '포졸'이는 그놈들을 덩달아 쫓아다니느라 부산을 피우고 있다. 청개구리들을 붙잡아 풀숲에 놓아준다. 건너다보이는 산의 계곡에서 하얀 물안개가 피어올라 산봉우리를 휘감는다. 산은 이미 녹음이 짙고, 집 가까운 밤나무 숲은 어김없이 밤꽃을 피워냈다.

아침나절에는 모처럼 음악을 크게 틀어놓고 집 안 구석구석을 청소한다고 소란을 피웠다. 먼지를 털어내고 물걸레질을 하고 난 뒤, 다 읽은 책들과 쓰지 않는 물건들을 분류하고 흩어진 책들은 서가에 꽂고 물건들은 창고로 옮겨놓는다. 몇 시간이나 걸려 말끔하게 정리를 하고 나니 집 안이 넓고 깨끗해졌다.

저 서운산 너머로 비를 잔뜩 품은 비구름이 서서히 동진東進한다. 산봉우리는 하얀 물안개가 덮고 있다. 바람에 가지를 우쭐거리는 나무들도 오랜만에 비를 반겨 춤을 추는 듯하다. 비가 오니 밤에만 우는 개구리들이 한낮에도 한결 생기 있게 울어댄다. 간단하게 점심을 때운 뒤 음악의 볼륨을 낮추고, 예전부터 읽으리라고 작정했던 꽤 두꺼운 책을 꺼내든다. 비 때문에 새벽 산책을 건너뛰었는데, 비가 좀처럼 그칠 기미가 안 보이니 오후에도 아예 밖에 나가기는 글렀다. 바깥 유리창에는 비를 피하기 위해 날아든 파리떼가 까맣게 달라붙어 있다. '다다'와 '포졸'이도 비가 닿지 않는 구석에 쪼그리고 낮잠을 잔다. 찾아올 사람도 없고, 잘못 걸려오는 전화 한 통 없다. 낮게 실내에 깔리던 음악마저 꺼버리자 집 안은 완벽한 고요 그 자체다. 물 속처럼 고요가 깊은 방에 홀로 앉아 책을 읽으니 어느새 바깥의 빗소리가 몸 속까지 슬그머니 걸어들어온다. 두어 시간 책을 읽다가 졸음이 쏟아져 창문을 열어놓은 채 낮잠을 청한다.

창문에 발을 드리운 방에서 누군가 낮잠을 즐기고 있다. 시골에서의 낮잠은 가장 보편적인 휴식의 한 형태다. 낮잠의 미덕은 근육의 즐거운 이완과 함께 영혼의 안식을 가져다주는 데 있다. 하지만 도심의 사무실에서 낮잠에 빠져드는 사람은 근무태만자라는 낙인이 찍히기 십상이다. 그것은 즐거움과 아무 상관이 없는, 누적된 피로에서의 일시적 도피에 지나지 않는다. 그렇더라도 그것은 격무로 지친 육체의 항의이며 최소한도의 보상요구다. 거기에 귀기울이지 않고 더 무리해서 몸을 쓰면 탈이 나거나 돌연사에 이르기도 할 것이다.

어린 시절 깊은 우물과 수령이 오래된 은행나무가 있던 외가 큰집인 광산 김씨 문중 큰집에 가면, 할아버지가 대청마루에서 낮잠을 주무시곤 했다. 바쁜 일들을 끝낸 아낙네들은 감자를 찌거나 옥수수를 삶아 부엌이나 작은 방에 따로 모여앉아 소리를 죽여 나지막이 그들만의 수다를 펼쳐낸다. 그들은 얘기 끝에 와르르 웃음을 터뜨리기도 하다가 그도 지치면 함께 낮잠에 들었다. 시골에서는 말 그대로 낮잠을 즐긴다. 그 낮잠은 감시의 눈을 피해 몰래 자는 도둑잠이 아니다. 그것은 인간적 위엄이 훼손되지 않은 영혼의 치료이며, 한낮의 향연이다. 그런 낮잠은 시골에서나 가능하다. 왱왱거리는 파리가 유일한 훼방꾼이다. 불요불급한 일로 찾아오는 방문객도 거의 없으니까.

도시의 꽉 짜인 삶에 지친 현대인들에게 시골생활은 일종의 소망이자 꿈이다. 그때의 시골생활은 전원주택, 텃밭 가꾸기, 숲길 산책, 한가로운 낮잠, 단순한 생활…… 들을 전제로 한다. 하지만 그 꿈을 이루는 사람은 아주 드물다. 그 꿈을 이루기 위해서는 적지 않은 희생과 포기가 요구되기 때문이다. 시골에서 살기 위해서는 발상의 전환과 실존의 결단이 선행되어야 한다. 그것은 이제까지의 살아온 방식에 대한 전면적인 돌아봄과 뒤집기 없이는 이루어질 수 없다.

시골로 간다는 것은 스스로 낙오자의 운명을 받아들이는 것, 제도권 밖으로 유배, 자발적 소외의 선택이다. 그것은 무한경쟁과 성장제일주의라는 자동화 시스템에서 일탈하는 것, 돈과 출세와 명예에 대한 욕망을 포기하는 것이다. 과속질주하는 욕망을 멈춰야 하고, 여러 불편들을 기꺼이 감수해야 한다. 하지만 그 작은 불편들을 기꺼이 받아들이고 나면 자연과 훨씬 가까워진 삶을 즐길 수 있다. 창 밖으로 내다보이는 논이며 그 너머의 저수지는 뽀오얀 빗줄기 속에 가려 희미하게 보인다. 세상은 물속처럼 조용하고, 지붕 위로 떨어지는 소리가 경쾌하게 두드리는 실로폰 소리처럼 들린다. 자, 이제 읽던 책을 덮고 낮잠에 들자.

걷는다는 것

처음은 하나의 수정란이었다. 어머니의 양수 속에서 물고기처럼 아가미로 호흡을 하고 놀았을 것이다. 그리고 몸을 받고 생을 받았을 것이다. 다섯 개의 앙증스러운 발가락이 달린 작은 발도 가졌을 것이다. 내게도 첫번째 걸음이 있었다. 닐 암스트롱이 달의 대지에 첫발을 내딛듯이. 나 역시 마침내 이 낯선 행성에 와서 첫발을 옮겨 딛었을 것이다. 서툴게, 위태롭게, 주저하며. 한 걸음을 옮기고는 그대로 쓰러졌을 것이다. 아기가 넘어질 때 우주도 기우뚱 기울었다.

걸을 수 있다는 것은 인생에서 거머쥔 행운들 중에서도 으뜸의 행운이다. 나는 그렇게 믿는다. 나는 무수히 많은 길들을 걸으며 인생을 펼쳐나갈 것이고, 노쇠하고 쇠잔해져서 더 이상 걸을 수 없을 때 주저하지 않고 인생을 접을 것이다. '걷기'는 나의 생태生態, 나의 정체성을 규정하는 아주 중요한 요소다. 나는 '걷는 자'로서 이 세상을 살아간다.

걷는다는 것은 다리를 움직여 몸통을 지리적으로 옮기는 일이다. 걷는다는 것의 산문적 의미는 좁다. 하지만 걷는다는 것은 메마른 산문적 행위가 아니다. 그것은 사유하는 행위, 더 나아가 시적 행위다. 걷는다는 것은 몸통을 지리적으로 이동하는 것 이상의 의미를 품고 있다. 우리는 걸으면서 자신을 둘러싸고 있는 산과 나무와 풀과 강과 저수지와 집들과 사람들과 만난다. 걸으면서 그 모든 것들과 교감하고 그것들을 향유한다. 풍경을 향유한다는 것, 그것은 진정으로 산다는 것의 다른 말이다.

특히 시골에서 걷는다는 것에는 더욱 특별한 의미가 있다. 나는 더 많이 걷기 위해 서른여섯 해나 살던 도시를 버리고 시골로 이사를 왔다. 아니, 어쩌면 도시가 나를 내팽개쳤는지도 모른다. 나는 그 내팽개침을 기꺼운 마음으로 받아들였다. 어쨌든 분명한 사실은 내가 걷기를 무지무지 좋아한다는 것이다. 새벽이면 나는 바지 끝자락에 이슬을 잔뜩 묻히고 이팝나무가 하얀 꽃을 탐스럽게 피우고 있는 저수지 주변을 쏘다닌다. 산란기에 접어든 붕어들이 몸통을 요란스레 움직이며 수초 사이를 빠져나간다. 때로는 눈부신 은비늘을 번쩍이며 수면 위로 도약하기도 한다. 물방울을 비산시키며 공중으로 도약하는 물고기의 찰나는 눈부시다. 나는 천천히 걸으며 그 찰나를 빠져나간다.

걷기를 처음 발명한 것은 지렁이다. 지렁이는 온몸을 밀며 이동한다. 지렁이의 산책은 장엄하다. 전갈도 걷고, 거미도 걷고, 개미도 걷고, 까치도 까치걸음으로 걷는다. 심지어 물도 걸어간다. 과장이 심하다고? 물가에 여섯 달만 살아보라! 이 말을 실감할 것이다. 물은 무심히, 때로는 격동적으로 걷는다. 이 세상에 살아 있는 모든 것들은 걷는다. 새들은 공중을 걷는다. 비행기가 빠르게 공중을 직선으로 걷는다면, 새들은 천천히 걷는 공중의 산책자다. 비행기가 종종 걸음으로 걷는다고 처음 말한 이는 프랑스 소설가 쌩 텍쥐페리다. 소설을 쓰기 전 그의 직업은 비행기 조종사였다. 비행기가 걷는다는 그의 말에 동료 비행사들은 미친 소리라고 비웃었다. 그렇다고 하더라도 걷기의 숭고함이 훼손되는 것은 아니다. 걷기는 대자연에 바치는, 다리를 써서 몸을 이동하는 산 것들의 장엄미사다. 걷기는 산 것들이 안고 있는 불멸의 소명이다. 걷기는 숭고하다. 날개가 없으니 나는 당연히 걷는다.

나는 눈동자를 크게 열어 주변의 풍경을 바라보려고 한다. 바라본다는 것은 풍경과 소통하는 것이다. 지나치게 빨리 걷는 자들은 풍경이 건네는 말을 듣지 못한다. 둘 사이는 무덤덤하고, 따라서 어떤 교감도 없다. 늘 같은 풍경이지만 자세히 들여다보면 어떤 풍경도 같지 않다. 내가 어제의 내가 아닌 것처럼 풍경도 어제와 같지 않다.

나는 직선으로 뻗은 도시의 길보다 구불구불한 시골길 걷기를 좋아한다. 나는 물가를 하염없이 걷는다. 이 순간을 걸으며 내 몸은 천천히 이 순간을 빠져나간다. 도시인들은 '천천히'에 관한 한 문맹이다. 그들은 빨리 먹고, 빨리 만나고, 빨리 헤어지고, 빨리 걷는다. 그들은 '빨리빨리'에 중독되어 있다.

빨리 걸을 때, 걷는 주체의 저 바깥에 존재하는 모든 것들은 그저 뜻없는 '그것'들의 범주에서 벗어나지 않는다. '그것'들은 내 생각에, 내 삶에, 더 나아가 내 영혼에 아무 영향도 주지 않고 아무 뜻도 없다. '그것'들은 다만 나와 무관하게 저기 존재하는 '그것'들에 불과할 따름이다. '그것'들은 끝끝내 '너'가 되지 못한다. 나는 수없는 '너'에 관심을 쏟고, 때로는 '너'를 끌어안고 손으로 쓸어보며 품에 꽉 끼도록 보듬어 안고 '너'의 향기와 '너'의 살의 부드러운 감촉에 한없이 빠져든다. 그래도 '너'의 향기는 충분히 맡아지지 않고, '너'의 부드러운 살의 감촉은 만끽되지 않는다. 나는 '그것'들을 끌어안지는 않는다. '그것'들을 끌어안는 변태성욕자가 드물지 않다는 소문은 듣고 있다.

'그것'들은 그저 소비하거나 지나쳐버린다. 끝끝내 '너'가 되지 못하는 풍경들. 끝끝내 '나'의 '너'가 되지 못하는 타자들. 그것들은 '나'의 안으로 흘러 들어오지 못하고 '나'의 바깥을 그저 뜻 없이 미끄러져간다. '나'의 바깥으로 미끄러져가는 풍경들.

나는 걸을 때 상상하며, 추론하고, 성찰하며, 연역하고, 설계한다. 걸을 때 많은 내일들이 꽃처럼 피었다가 쓰러진다. 걷지 못했다면 내 인생의 많은 부분들은 아예 있지도 않을 것이다. 나는 걸을 때 가장 밀도 높은 삶을 산다. 걷기로 인해 얻는 쾌락은 한 병의 포도주, 한 번의 키스가 주는 쾌락에 결코 모자라지 않는다.

오늘 저수지 주변에 안개가 자욱하다. 나는 숨을 깊이 들이마신다. 습한 공기가 폐 깊숙이 밀려들어온다. 내 심장의 핏속으로 폐에서 빨아들인 산소가 빠르게 퍼져나간다. 혈관의 피들이 산소를 잠에서 덜 깨어 있던 팔과 다리의 실핏줄까지 실어나른다. 팔과 다리는 신선한 산소를 공급 받으며 활력을 얻는다. 걸을 때 내 몸에서 엔돌핀이 빠르게 생성되는 걸 기분 좋게 느낀다. 기분이 차츰 좋아지면서 걸음이 빨라진다. 마취제가 몸에 풀리듯이 온몸으로 자욱하게 번져나가는 몽롱한 쾌락. 나는 그것을 천천히 맛보고 싶다. 내 뇌는 걷기에 힘을 쓰는 다리를 둘러싼 일체의 근육들에게 단호한 명령을 내린다. 가능한 한 천천히, 천천히 움직이라고. 그렇지만 나는 결코 우유부단하지 않다.

저수지 주변에 띄엄띄엄 서 있는 나무들은 오래된 침묵을 가사처럼 두르고 있다. 수행이 깊은 노스님 같다. 해가 뜨기 전까지 나무들은 침묵을 감싸안고 있는 안개 가사를 두르고 물을 굽어볼 것이다. 나, '걷는 자'는 아직 미숙한 인생을 살고 있지만, 걷기의 쾌락에 빠져 천천히 나무 아래를 지나가는 것이다.

달린다는 것

방금 아주 먼 거리를 달려왔다. 두 무릎에 손을 지탱한 채 상체를 구부리고 숨을 헐떡거릴 때 그 리듬에 따라 등이 오르락내리락한다. 얼굴은 땀범벅이다. 나의 머릿속은 백지와 같다. 내 몸은 서 있기조차 힘들 정도로 마지막 한 방울의 힘조차 소진된 상태다. 내가 지상에 발을 딛고 서 있는 것만 해도 기적과 같다. 하지만 나의 내면은 어떤 알 수 없는 빛과 기쁨으로 가득차 있다. 몸은 고목처럼 무겁지만 마음은 가벼운 것이다. 나는 '극기'라는 말을 떠올리며 입가에 미소를 지었다.

이브 파칼레에 의하면 달리기는 '뼈와 힘줄, 근육, 신경 충격의 일'이며, '에너지 이동의 문제'다. 달리기는 대뇌의 명령과 그것을 수행하는 엉덩이와 다리의 여러 근육들, 이를테면 대둔근, 즐상근, 엄지발바닥 신근, 내비장근, 외비장근 등의 협업으로 수행되는 민첩한 움직임이다. 달리는 리듬 속에 첫발을 내딛고 몸을 실었을 때 나의 머릿속으로는 많은 생각들이 흘러갔다. 20여 분쯤 달렸을 때 몸은 뜨거워졌고, 땀구멍을 통해 땀이 나오기 시작했다. 달리는 거리가 연장될수록 둔중하던 고통은 점점 날카롭게 몸을 찔러왔다. 하지만 아직은 견딜 만했다.

달리기는 일종의 고행이다. 수도자들은 자신의 몸을 기꺼이 고행에 내어준다. 이탈리아 수도회의 창시자인 성 프란체스코는 고행을 위해 날카로운 가시가 있는 장미나무 위에 몸을 눕혔다. 그 뒤로 이탈리아 아씨시에 있는 정원의 장미나무들이 스스로 가시를 없애버려, 그 정원에는 가시 없는 장미나무들이 자라고 있다. 장미나무조차 아무 죄도 없는 영혼에게 고통을 주는 일을 원치 않는다.

달리는 동안 나의 머릿속을 흘러다니던 잡다한 생각들은 하나씩 하나씩 잎사귀와 잔가지 들을 쳐냈다. 땀구멍을 통해 배출되는 땀의 양이 많아졌다. 이마에서 흘러내린 땀이 눈으로 스며들어갔다. 땀의 일부는 입가로 흘러들었다. 나는 땀의 짠맛을 충분히 느낄 수 있었다. 이윽고 다리 근육들이 뭉쳤고, 어떤 근육들은 돌덩이처럼 단단해졌다. 숨이 가빠지면서 가슴이 수소

가스로 가득 찬 애드벌룬처럼 부풀었다. 나는 막 고통의 극점을 지나가고 있었다. 몸이 고통으로 쥐어짜는 듯했지만 나는 고통에 잠긴 몸을 위해 아무것도 할 수가 없었다. 발은 이제까지 달려온 관성의 법칙에 따라 앞으로 내딛고 있었고, 여전히 숨쉬기는 어려웠다.

나는 어렸을 때 시골의 들길을 달렸다. 끝도 없이 초록이 이어지는 여름 들판에서는 저 멀리 소나기가 다가오면 그 소나기를 등지고 마을 쪽으로 있는 힘을 다해 뛰는 것이다. 하지만 곧 바로 소나기가 나를 추월해버린다. 여름 들판에서 달리기는 소나기와의 경주였다.

도시에서 살게 된 뒤로 나는 근교의 산이나 공원에서 주로 달렸다. 그때의 달리기는 매우 고독하다. 나는 많은 잡념들에 빠지기 일쑤고, 때로는 나 자신과 중얼중얼 대화를 나눈다. 어쩌면 달리기는 독백의 행위인지도 모른다. 아울러 일종의 수행이다. 달리면서 나는 삶에 달라붙은 온갖 문제들의 하중荷重을 내려놓는다. 나는 몸이 아플 때를 빼놓고는 계속 달린다.

몸과 의식은 거의 완벽하게 둘로 분리되었다. 그것은 하나가 아니었다. 몸의 주인이 따로 있고, 의식의 주인이 따로 있었다. 온몸이 후들거렸고, 나는 자신이 왜 달리고 있는가를 알지 못했다. 왜 달리고 있는지 그 이유도 모르면서 몸이 고통 받고 있는 것을 방치하고 있다는 사실 때문에 화가 치솟았다. 의식의 논리에 따르자면 나는 당장 달리기를 멈추어야만 했다. 하지만 나는 멈추지 않는다. 그러는 사이에 나는 고통의 정점을 통과한다. 내가 보수주의자이건, 진보주의자이건 그런 건 별로 중요하지 않다. 내가 작가든 직업군인이든 대학교수든 일용직 노동자든 그건 중요한 문제가 아니다. 지금 이 순간 내 존재를 규정하는 유일한 것, 나의 살아 있음을 증명하는 유일무이한 명제는 달리고 있다는 사실이다.

나의 현존은 오로지 달리는 행위 속에서만 현현된다. 그때 달리기는 몸을 뚫고 지나가는 어떤 정수精髓다. 나의 사유는 몸의 몽롱함 속에서도 단순하고 또렷하다. 나는 우주가 생성될 무렵의 태초의 혼돈에서 아주 멀리 떨어져서 달리고 있다. 내 몸과 마음은, 내 현존은 달리면서 바로 지금 여기를 지나간다. 삶과 죽음의 사이, 지배와 예속의 사이, 규제와 자유의 사이, 무기력과 생기의 사이, 휴식과 노동의 사이, 사람과 사람의 사이, 앎과 무지의 사이를 통과하며 나는 완벽하게 이 세계와 타자들로부터 고립되어 있다. 고립에 실존의 의미가 더해질 때 우리는 그 상태를 고독이라고 말한다. 그 달리기라는 행위의 순수고독 속에서 나는 현존의 정수를 실현하고 있는 것이다.

20대에 들어서면서 나는 달리는 것을 잊어버렸다. 한동안 달리기와 담을 쌓고 지냈다. 그대신 아주 오랫동안 시립도서관의 한구석에서 천천히 책들을 읽어가며 저 너머에 있는 미래를 불안한 시선으로 응시하곤 했다. 어느 저녁 때는 잘 마시지도 못하는 술 한 병을 사들고 대학 캠퍼스의 잔디밭에 앉아 혼자 마셨다. 그보다 훨씬 많은 날들을 나는 무엇인가를 쓰는 데 바쳤다. 밤마다 시들을 썼고, 그것들을 찢어버렸다. 내 빈약한 육체에 깃든 꿈은 그리 거창하지 않았다. 빛이 잘 드는 천창이 있는 방 하나를 원했고, 그 방에서 누구의 간섭도 없이 책을 높이 쌓아놓고 게으르게 뒹굴며 천천히 읽고 싶었다. 명랑한 여자와의 연애를 꿈꾸고, 마라톤 풀코스를 완주하고 싶었던 소망들. 내가 노트에 써내려가고 있는 것들이 언젠가 책으로 나오기를 꿈꾸었다.

내 꿈은 단순하고 소박했다. 나는 아무것도 갖지 못한 백수였지만, 의식을 옥죄는 척박한 현실을 묵묵히 견뎌냈다. 그 견인주의는 젊었기 때문에 가능했다. 실연의 고통을 동해안에서 대관령을 넘어 서울까지 걸으며 잊으려 했던 젊은 친구의 무모한 열정을 사랑한다. 남의 입술이 닿았던 잔으로는 어떤 술도 마시지 않겠다고 쓸데없는 고집을 부리는 친구의 결벽증을 소중하게 생각한다. 젊음의 순결성이란 덧없으면서도 아름답다. 젊음은 불가능한 것을 꿈꾸고 그것의 실현을 위해 자신의 모든 것을 걸 수 있는 자들의 훈장이다. 아직 이룬 것보다 앞으로 이루어야 할 것이 더 많다고 생각하는 자만이 젊다. 젊음은 나이와 무관한 것이다. 달리기를 시작한 지 이미 많은 시간이 흘러갔다. 고통의 날카로움은 차츰 무뎌졌다. 몸은 한층 가벼워졌고, 발걸음도 가벼워졌다. 달리는 보폭도 일정했고, 몸은 달리는 리듬에 거의 적응한 듯 보였다. 고통으로 일그러졌던 얼굴은 평화롭게 보였다. 팔과 다리는 흔들림 없이 일정한 리듬에 따라 절도 있게 움직였다. 나는 높아진 체열을 바람이 식혀주는 것을 느꼈다.

달리면서 나는 생각한다. 내 몸으로 많은 생각들이 스쳐지나간다. 내가 사는 세상은 윤회로 가득차 있다. 내 한 몸이 일체 중생의 몸이고, 일체 중생의 몸이 또한 나의 몸인데 사람들은 끔찍하게도 '내 것' '내 몸'에만 집착한다. 그 집착이 세상의 온갖 다툼과 죄악의 근원이다.

나는 1992년 12월 말경, 서울 근교의 청계산 기슭에 있는 서울구치소의 미결수 사동에 비스듬히 비쳐들던 한줄기 햇빛을 떠올린다. 소음과 이전투구로 시끄러운 이 세상이 진짜 감옥이고 그 소음 세상과 격리된 채 고요한 교도소야말로 청정한 선방이라는 부질없는 망상을 하고 있었다. 겨울의 인색한 잔광마저 그악스런 채권자처럼 야멸차게 거둬들이는 저 12월의 텅 빈 잿빛 들녘은 지금이 청정한 빈 마음으로 돌아갈 때임을 일러준다. 활엽의 잎들을 모두 떨구고 서 있는 겨울나무들, 메마른 돌, 푸석거리는 흙, 바람에 일제히 몸을 흔드는 억새들. 지상의 온기 가진 것들은 고즈넉이 날개를 접고 제 발 밑에 긴 그림자를 하나씩 드리운다. 혹시 지금 당신은 어떤 사유로 교도소에 갇힌 부자유한 상태인가. '탐욕의 감옥'에 갇혀 있는 내 마음은 선한 의지로 당신의 발밑을 비추는 등불이 되고 싶어 한다. 우리는 어두운 세상을 걸어가고 있는 서로에게 등불이 되어야 한다.

구치소에서는 하루에 한 번씩 운동시간이 주어진다. 그 운동시간에 미결수들은 한 운동장에 모인다. 그때도 나는 달렸다. 재소자들은 좁은 공간에 갇혀 있기 때문에 운동부족이 되기 십상이다. 운동을 하지 않으면 근력이 줄고 노화가 빠르게 진행된다. 어느 날 아침 어떤 재소자는 이빨이 빠졌다고 투덜거리며 뱉어내기도 한다. 나는 구치소 실내에서도 시간이 날 때마다 운동을 했다. 운동시간에는 서울구치소의 좁은 마당의 주변을 서른 바퀴, 쉰 바퀴를 돌았다. 운동시간이 종료될 때까지 쉬지 않고 달렸다. 그렇게 뛰고 있으면 한두 사람쯤 내 곁에 붙어 달리기도 했다.

달리기의 미덕은 내가 확실하게 내 몸의 주인이라는 사실을 공증해준다는 데 있다. 달리는 순간 나는 팔과 다리를 통제하고, 나의 오늘과 다가올 내일을 기획하고, 머리를 완벽하게 장악한다. 몸의 각 지체의 완벽한 조화와 질서가 없이는 달릴 수 없다. 몸을 통제하지 못하고 장악하지 못할 때, 그때 삶은 끝난다.

더 이상 달리지 못하게 되었을 때, 그때 나의 진정한 삶은 끝나는 것이다. 그러므로 달리기는 살아 있다는 존재확인 행위다. 달리기는 근본적으로 죽음에 대항하는 생명체의 명랑한 시위다. 달리기는 능동적인 행위다. 달리기는 멈춰 서려는 것에 대한 저항, 죽음에 보다 가까워지는 영원한 수동성의 지배 아래 자신의 몸을 놓고 싶다는 유혹에의 지속적인 저항이다. 달리기를 수행하는 근육에 쌓이는 피로가 커지면 커질수록 그 유혹이 만들어내는 신경전달물질의 양도 많아진다.

달리고 있을 때 나는 다른 무엇도 아닌 자연 그 자체다. 나는 어제도 달렸고, 오늘도 달리고 있다. 아마도 내일도 어딘가로 달리고 있을 것이다. 달리고 있을 때, 나는 진실로 살아있는 것이다.

사자새끼처럼
걸어가라

새벽 네다섯시경이면 잠에서 깨어난다. 새벽에 일어나면 흙을 밟으며 저수지 주변을 산책한다. 저수지 주변이라 안개가 잦다. 안개 속에 이제 막 연초록 잎을 틔우기 시작한 버드나무들이 서 있다. 그 사이를 걸으며 나는 팔을 벌려 고요한 평화를 맞는다. 내가 자연의 일부라는 의식, 모든 생명의 근원인 땅과 자아가 연결되어 있다는 느낌은 더욱 단단해진다.

아직 날은 밝지 않았는데, 창밖을 내다보니 어슴푸레한 새벽 빛 속에 가는 빗발이 비친다. 조용한 명상음악을 틀고 편안하게 앉는다. 무릎에 두 손을 가만히 내려놓고 눈을 감는다. 짧고 가팔랐던 호흡이 완만해진다. 콧구멍과 약간 벌린 입을 통해 숨을 내쉬고 들이마신다. 나는 심연, 한 자루의 피리다. 피리 구멍으로 들숨과 날숨이 들고나며 우주의 리듬을 연주한다. 내 몸은 고요 속에 있지만, 마음은 분주하고 소란스럽다. 온갖 잡생각이 차고 흘러넘친다. 자, 오늘은 '산 자의 길'을 화두로 삼는다. 나는 살아 있는 자다. 저 죽음의 경계를 건너오는 생각들. 살아 있음은 내가 숨을 내쉬고 들이마신다는 사실을 입증한다. 그렇다면 나는 이 세상에 오기 전에 어디에 있었는가. 길이 끊어지는 것처럼 생각이 딱 멈춘다. 저 태초에 나는 어디에 있었는가. 생각의 끝은 늘 단애다. 뚝 끊긴 길. 긴 침묵. 내 몸을 통과해 완만하게 흘러가는 저 태초의 시간들.

아침나절에도 여전히 4월의 비가 내리고 있다. 4월의 비는 지난겨울 얼었다가 풀린 땅을 두드리고 간다. 4월의 비는 아직 잎이 돋지 않은 늙은 감나무의 빈 가지에 앉아 있는 까치들의 머리를 두드리고 간다. 4월의 비는 어린 새싹들을 기르는 천연 자양분이다. 저 허공에 가득히 사선을 그으며 떨어지는 비를 오래 바라본다. '다다'와 '포졸'이는 처마 아래에 남매처럼 다정하게 나란히 앉아 비를 긋고 있다. 이놈들은 심심하면 서로의 뺨을 혀로 핥는다. 그것이 이놈들의 놀이이고 상호간의 우호를 확인하는 외교적 의전이다.

사람들은 혼자 있는 것을 두려워한다. 혼자 있을 때의 심심함이나 권태를 못 견디는 것이다. 그것들은 세상과 친구들로부터 단절되었다는 느낌을 환기시키고, 혼자만 버림받았다는 나락으로 빠뜨릴 수도 있다. 그것은 바닥이 없는 헛구렁이다. 그 구렁에 빠져들면 팔다리에서 힘이 빠져나가고 온몸이 기진 상태에 빠진다. 혼자 있는 사람은 제 영혼을 짓누르는 우울을 떨쳐내려고 습관적으로 텔레비전을 켜거나 스마트폰에 매달린다. 그것들은 어떤 위안이나 도움도 되지 못한다. 텔레비전은 저 혼자 왕왕거리며 실내에 소음을 쏟아놓고, 텔레비전을 바라보는 자의 동공은 초점이 없이 풀어져 있다. 그는 텔레비전을 바라보지만 진짜로 보고 있는 것은 아니다. 그는 스마트폰으로 누군가와 끝도 없이 이어지는 수다를 늘어놓지만 가슴 한켠의 공허는 무엇으로도 메워지지 않는다. 그들에게는 단지 혼자 있다는 게 고통이다. 때로 그 고통은 존재가 으깨지는 듯한 참을 수 없는 고통이다.

현대에 와서 능동적 은둔과 칩거는 거의 소멸해버린 삶의 방식이다. 피부양가족이 없고, 소액의 국가연금으로 연명하는 외로운 노인네라면 사회활동이나 인간관계도 줄어들게 될 테고, 결국에는 은둔과 칩거가 불가피한 선택이 될지도 모른다. 이는 선택의 여지가 없는 은둔과 칩거에의 강제다. 혼자 고립되어 있는 상태를 선택한 사람에게 이것은 열린 기회이고, 새로운 삶으로의 도약이다. 그들만이 진정한 고독의 기회를 갖게 될 것이다.

홀로 있다는 것, 홀로 깨어 있는 의식으로 '홀로 있다는 것'을 냉철하게 관조하는 것, 그것이 고독이다. 홀로 있는 시간은 진정한 자기에게로 돌아가는 여정을 시작할 수 있는 기회이다. 그것은 내면에의 응시이며, 참자아와의 대면이다.

세상으로부터 상처받은 사람이 자기 보호의 한 방편으로 혼자 고립되어 있는 상태를 선택할지 모른다. 하지만 그것은 진정한 은둔과 칩거가 아니다. 그것은 삶의 쇠락이고, 삶의 무대에서의 자진 퇴장이다. 아울러 강박적 자폐증의 한 변형에 지나지 않는다. 그런 사람은 대개는 소극적이거나 대인관계를 기피하는 내향성의 인물이다. 그들은 쉽게 상처받고, 그 상처는 오래 간다. 그들에게는 필연적으로 고독이 따른다. 그 고독은 메마른 고독이고, 고통스런 유폐다. 그것은 사회 부적응자의 일시적 도피처에 지나지 않는다. 반면에 참다운 고독은 내면의 평화와 고요를 일구고, 풍부한 영감을 낳는 창조의 원천이다.

비 오는 4월 아침에 나는 인도 우화를 떠올린다. 사자새끼 한 마리가 어미와 헤어져 양떼 속에 섞이게 되었다. 사자새끼는 제가 본래 양의 무리 중의 하나라고 생각했다. 그래서 양떼와 함께 풀을 뜯고 양떼에 섞여 먼 거리를 떠돌고 양의 울음 소리를 흉내내었다. 그러던 어느 날 먼 산에서 어미 사자가 우는 소리를 듣는다. 사자새끼는 제 핏줄에 흐르는 야생동물의 본성이 살아나는 것을 느끼면서 양떼에서 벗어나 깊은 산중을 향해 걸어나갔다. 바람이 사자새끼의 갈기를 빗겨줄 때 사자새끼는 먼 허공을 향해 사자의 소리로 포효를 한다.

　명상을 통해 우리가 찾아야 할 것은 본성이다. 양의 울음소리를 흉내내는 것이 아니라 진짜 사자 소리로 포효하는 사자새끼처럼. 그것은 이 세상에 단 하나밖에 없는 '나'로 돌아가는 것이다. 어디에도 없고, 어디에도 있는 '나'. 그 어느 것에도 얽매이지 않은, 자유로운 '나'. 그 순수한 비어 있음. 그 경계가 없는 무. 그 텅 빈 충만.

현대에 와서 능동적 은둔과 칩거는 거의 소멸해버린 삶의 방식이다. 혼자 고립
되어 있는 상태를 선택한 사람에게 이것은 열린 기회이고, 새로운 삶으로의 도
약이다. 그들만이 진정한 고독의 기회를 갖게 될 것이다.

늘 꽉 찬 상자보다는 빈 상자에 더 마음이 끌린다. 더욱더 나를 비우려고 애쓴
것은 그 때문이다. 더 많이 비우면 비울수록 꿈과 욕망의 자리는 더욱 커질 테니
까. 삶은 풍요로워질 테니까.

추억의 속도

몸에
손님이 오시다

—

—

여름은 그 절정에서 돌연 쇠퇴의 기미를 드러내며 물러난다. 한
여름 내내 머리 위로 퍼붓던 폭염, 타오르던 일광에 압도되었던
우리는 그 돌연한 퇴각에 어리둥절해진다. 한해살이풀들은 씨
앗들을 예비한 채 덧없이 누렇게 탈색한 잎을 달고 시들어간다.
폭염에 시달렸던 바위들은 푸슬푸슬 부서져 내린다. 밤이 길어
지고 낮은 짧아진다.

　가을은 모든 사람들을 여름의 익명성에서 본래의 자기로 돌
아오게 한다. 군중들 틈에 끼어 잃어버렸던 한 개체로서의 '나'
를 찾게 되는 것이다. 아, 내가 여기 있었구나! 나는 누구인가.
나는 살면서 무엇을 꿈꾸었던가. 보다 많은 자유를, 보다 많은

행복을 꿈꾸며 방황하고 괴로워했던가. 그것은 시효가 지나버린 연극 티켓이 아니다. 가을에 나는 내 삶이 너무 꽉 차 있기보다는 조금 비어 있기를 바란다.

장 그르니에는 "빈 상자는 꽉 찬 상자보다 더 내 맘에 든다. 꽉 찬 상자에 대해, 나는 알고 있거나 거기에 무엇이 들어 있는지 짐작한다. 빈 상자는 그걸 어디다 쓸지 모른다. 그것은 욕망과 꿈의 그릇이다"라고 말한다. 늘 꽉 찬 상자보다는 빈 상자에 더 마음이 끌린다. 더욱더 나를 비우려고 애쓴 것은 그 때문이다. 더 많이 비우면 비울수록 꿈과 욕망의 자리는 더욱 커질 테니까. 삶은 더욱 풍요로워질 테니까.

오, 삶은 잊혀져버린 간밤의 한 토막 꿈에 지나지 않는다! 삶은 아물지 않고 덧나는 상처에 지나지 않는다. 그럼에도 불구하고, 이제 나는 보다 단순한 영혼이 될 것이다. 그리고 보다 많이 사랑하게 되기를 바란다. 사람들을, 일들을, 사물들을, 그리고 내가 살아 있음을. 그대 역시 가슴이 에이도록 처절하게 사랑하라. 그대의 삶을, 그대 자신을, 그대의 시간을, 그대가 사랑하는 사람을. 그러나 괴로움을 억지로 피하지는 말라. 괴로움이야말로 살아 있다는 가장 확실한 징표일 테니까. 모든 가을은 그렇게 문득 우리들 곁으로 다가온다.

몇 해 전 강원도의 한 휴양지에서 맞았던 가을을 떠올린다. 새벽에 나가면 숙소 앞길 위에 매미들이 새까맣게 떨어져 있었다. 나는 한꺼번에 그렇게 많은 매미들을 본 적이 없다. 이슬에 젖은 날개를 가까스로 파닥이는 매미들, 죽은 매미들, 죽어가는 매미들. 자연이 연출해내는 그 죽음의 무대는 어떤 숙연함으로 나를 찔러왔다.

살아 있는 모든 것은 자연에게서 받은 몸을 되돌려주고 다시 사라진다. 어디로? 삶 이전의 상태로. 몸은 누군가의 말처럼 '나란 존재가 깃들여 집요하게 안주하려는 가장 확실한 피난처'다. 몸은 '나'라는 존재가 깃들여 사는 집이다. 그 집에는 하천과 풀밭, 한줌의 공기, 약간의 광물질, 곤충의 날개, 아집, 현저한 자폐증 성향, 꿈과 추억들이 있다. 그해 가을 나는 병명도 모른 채 몹시 앓았다. 나는 뿌리가 뽑혀진 근채류根菜類 식물처럼 시들시들해져갔다.

왜 그렇게 아팠던가? 나날의 삶의 저변을 침식해가던 뜻 없는 농담과 환멸, 삶의 강령들, 밥벌이의 고단함. 이것들이 내 '여분의 잠재적 힘'을 소진시켜갔던 것이다. 대체로 몸이 싫어하는 것들을 지속적으로 강요당할 때 몸은 내부의 힘을 소진당한다. 몸은 강한 내구성 소재로 이루어져 있지 않다. 몸은 아주 약하고 예민하다. 월급은 체불되고, 약속은 연기되며, 애인으로부터 납득할 수 없는 이유로 절교를 당하고, 돈을 빌려간 친구는 행방

이 묘연해지고, 지렁이들은 말라죽고, 오접된 전화는 자주 걸려
오고, 단골 중화반점의 짬뽕 국물에서는 바퀴벌레가 떠오르고,
늙은 어머니는 무릎 관절염을 호소하고, 오래 당뇨병에 시달려
온 아버지는 두 번째 백내장 수술을 받아야만 한다. 그 지리멸렬
한 나날들…….

　어느 날 갑자기 바짓단이 터지듯이 병이 온다. 몸은 더 이상
'나'의 확실한 피난처가 아니었다.　삶의 위기순간이다. 수척해
진 몸으로 며칠 쉬기 위해 그 휴양지로 찾아들었다. 밤이면 나는
혼자 넓은 방에서 불을 켜고 책을 읽었다. 카프카의 『성』이었다.
오래 전에 읽었던 책을 나는 다시 끈질기게 붙잡고 있었다. 바람
은 산골짜기의 나무들을 거세게 흔들며 음산하게 울어댔고, 그
바람결에는 야생동물의 울음소리도 섞여 있었다. 그 밤 나는 살
고 싶었다. 생에의 강렬한 의지가 내 몸을 휘감아왔다.

　허기를 느꼈고, 병든 몸속에 깃든 내 물병자리의 인생을 미완
으로 끝내고 싶지는 않았다. 나는 푸른 식욕과 열정으로 삶을
이어가고 싶었다. 아직 하고 싶은 일들이 많이 남아 있었다. 몸
으로 찾아든 병은 다정한 친구다. 그날 밤 나는 내 몸에 닥칠 생
물학적 사건으로서의 죽음을 생각하며 한 편의 어두운 시를 썼
다. 그 밤 나는 노인성 불면증을 앓는 사람처럼 늦게까지 잠들지
못했다.

나는 오래 깨어 있었고, 예민해진 상태에서 내 몸을 밟고 아
득히 먼 곳으로 흘러가버린 '시간들'을 느꼈다. 저 춥고 황량한
중앙아시아에서 몽골의 초원지대를 거쳐 한반도까지 흘러내려
온 조상들의 시간과 지금 여기에 있는 나의 시간들을 조용히 반
추한다. 나는 나 혼자가 아니다. 나는 무수한 조상들의 시간과
연결된 존재다. 우리가 한 생을 통해 직접 겪는 가을이란 고작해
야 70여 차례 안팎이지만 그 밤 내 몸을 스쳐 흘러가는 1천번째
의 가을을 느끼고, 내 정신은 그것보다 더 아득한 근원의 시간,
뱀눈나비가 부화하고 암몬조개가 바닷가 기슭으로 쏠려왔을,
저 태초의 시간들을 더듬는다. 가을은 지리멸렬한 일상을 떠나
그렇게 자기의 '근원'으로 눈을 돌리게 한다. 또다시 가을이다.
수취인 불명으로 반송되어온 우편물처럼 가을이 온 것이다.

추억의 속도 ___ 151

사랑

몇 차례 봄비가 내리고 앞산의 색깔이 낙엽색깔에서 엷은 초록의 기미를 조금씩 밀어내기 시작한다. 죽은 듯이 서 있던 활엽수의 가지들도 작은 잎눈들을 틔우고 있다. 따사롭게 내리는 봄볕 속에서 잎을 틔우고 꽃을 피워내는 식물들을 바라보면 늘 경이롭다. 봄에 꽃을 피우는 일년초 식물들은 저마다의 색깔과 모양의 꽃을 피워내게 될 것이다.

사람이란 어느 한순간도 사랑을 하지 않고서는 살 수가 없다. 그것은 봄이 되면 꽃을 피워내는 식물들처럼 인간이 가진 본능적인 생명 충동의 발현이며 자기실현의 몸짓이다.

내가 그의 이름을 불러주기 전에는

그는 다만

하나의 몸짓에 지나지 않았다

내가 그의 이름을 불러주었을 때

그는 나에게로 와서

꽃이 되었다

　　＿김춘수의 「꽃」 중에서

　사랑이란 한 사람을 개별화하거나 특수화하는 행위다. 다시
말해 무수한 '너'들 속에서 단 하나의 '너'로 만드는 것이다. 범
속한 어떤 존재에 생명의 입김을 불어넣는 것, 의미의 입김을 불
어넣는 것, 그것이 사랑이다. 지천으로 널려 있는 꽃들은 개체적
삶을 스쳐가는 하나의 뜻없는 사물에 불과하며, 공허한 '하나의
몸짓'에 지나지 않는다. 내가 그의 이름을 불러주었을 때, 내 영
혼이 그를 내 존재의 세계 안으로 호명하고 받아들였을 때 그 꽃
은 돌연 내 삶에 개입하는 실존적 사건이 된다. 내가 그 '꽃'을 호
명함으로써 내 삶은 그 이전과 다른 의미와 빛깔을 갖게 되는 것
이다.

사랑은 언제나 상대방이 내게, 혹은 내가 상대방에게 하나의 '의미 있는 존재'로 거듭나는 과정이다. 사랑은 꽃이 피어나는 과정과 닮아 있다. 씨앗이 불쑥 꽃을 뱉어내는 것은 아니다. 좋은 토양에 씨앗을 심고, 물을 주고 태양의 빛이 내려야만 그 씨앗은 싹을 틔우고 줄기를 뻗고 마침내 꽃을 피운다. 누군가의 가슴에 떨어진 사랑의 씨앗은 발아와 줄기의 성장과 꽃의 개화가 그러하듯이 적당한 '시간'이 필요하다. 그 시간은 그리움과 기다림을 통해 사랑을 숙성시키는 과정이며, 서로 떨어져 있는 안타까움에 대한 인내를 배우는 과정이다.

사랑이란 범박하게 말하자면 한 남자가 한 여자에게, 혹은 한 여자가 한 남자에게 끌려 서로 마음의 소통을 하고, 그 이전까지 전혀 다른 배경과 방식의 삶을 살아온 두 사람이 몸과 마음과 영혼 전체가 하나 되기를 간절히 소망하는 것이다. 그때 우리는 두 사람이 사랑한다고 말할 수 있다. 사랑은 한 사람만의 일방적인 것일 수 없다.

사람들 하나하나는 우주를 품어안은 심연이다. 사랑이란 그 심연에 대한 이해와 숙고의 과정이다. 상대방의 인격과 감정과 신체적 조건, 내밀한 꿈과 동경, 세계관에 대한 이해와 존경 없이 사랑은 불가능하다. 육체적이며 성적인 쾌락에의 추구 역시 자연스러운 생명 현상의 일종이라는 점을 전제한다 해도 상대방에 대한 탐색과 이행이 없이 이루어지는 섹스는 진정한 사랑이 아니다.

물론 사랑하는 사람들이 더 사적이고 친밀한 신체적 접촉을 갈망하는 것은 자연적 현상이다. 몸을 쓰다듬고 붙잡고 비비는 접촉 행위들은 나의 친밀감과 호감을 전달하려는 정신과 육체의 깊은 곳에 숨어 있는 생명의 충동에서 비롯된 행위다. 그러나 쉽게 성적 관계에 탐닉하는 것은 조급한 육체의 욕망에 굴복해 버린 일시적 유희에 지나지 않는다. 그것은 '정신성'이 배제된 조급한 욕망에의 종속일 따름이다.

삶은 하나의 완만한 흐름이다. 사랑은 그 완만한 흐름을 뒤흔드는 소용돌이며, 운명의 창조이다. 그리고 알 수 없는 미지에의 투신이다. 관습이나 제도는 사람을 예측 가능한 범주에 머물도록 간섭하고 통제한다. 사랑은 관습이나 제도로 통제할 수 없는 강렬한 생명의 충동이다. 사랑에 빠졌을 때 행복의 포만감 속에서도 우리는 어느 순간 마음에 찾아드는 근거 없는 혼란과 떨림에 젖기도 한다. 그것은 일상에의 저항이며 모반이고 투신인 사랑이 우리의 삶을 어떤 운명의 세계로 데려갈지 알 수 없기 때문이다.

사랑은 무미건조한 일상적 시간을 돌연 경이와 열광으로 가득찬 축제로 뒤바꿔버리는 기적이다. 사랑은 세계와 사물들을 이전과 다른 방식으로 보게 되었다는 뜻이다. 사랑에 빠지면 신경전달물질의 분비가 활발해진다. 늘 다녔던 길, 늘 보았던 한 그루의 꽃과 나무, 하늘과 떠가는 구름, 땅, 바다, 그리고 사람들이 눈부시게 보인다. 우주의 모든 만물을 의미화로 이끄는 게 사랑의 매혹이다.

사랑은 존재가 앓는 몸살이다.

사랑은 가르쳐주지 않아도 저절로 습득되는 자연적이며 본능적인 능력이다.

사랑은 한 몸이었다가 둘로 분리된 자가 잃어버린 반쪽을 찾는 행위다.

사랑은 내가 사랑하는 사람과 똑같은 방식으로 세계를 바라보고, 사랑하는 그가 살아가는 방식으로 살아가게 만드는 강렬한 충동을 불러일으킨다.

너에게

1

　햇빛; 햇빛, 햇빛…… 흰 쌀알처럼 쏟아져내리는 햇빛들. 참
좋은 햇빛이다. 월요일 오전의 햇빛이 고즈넉이 내리는 이 시각,
나는 많이 망설이다가 네게 전화를 한다. 전화벨 소리가 울리는
아주 짧은 순간에도 내 마음속으로 많은 생각들이 빠르게 뒤엉
키며 흘러간다. 설렘과 혼란, 그리고 약간의 불안…… 막 잠에
서 깬 듯한 네 목소리를 듣는 순간, 그런 것들은 장마비를 품은
검은 구름이 걷히듯 말끔하게 걷힌다. 전화를 끊고 난 뒤 정오로
넘어가는 시각의 적막 속에서 이 편지를 쓴다. 널 만난 건 크나
큰 행운이다. 어쩌면 넌 조금은 너에게 쏠리는 내 막무가내의 감

정이 당혹스러울지도 모르겠다. 나 역시 그러니까.

하지만 중요한 것은 '내 앞에 나타난 이'라는 낯설고 생생한 현존現存 앞에서 어린 소년처럼 마냥 설레는 내 마음의 순도다. 널 처음 보았을 때부터 내 마음은 한사코 네게로 기울었다. 정말 너무나 오랫동안 내 삶은 와디 같았지. 와디…… 우기 때만 생겨나는 사막의 건천. 물이 범람하면 강이 되지만 우기를 제외하고는 물 없이 강의 흔적만 갖고 있는 모래강…… 놀랍게도 널 처음 본 순간에 나는 내 존재를 꽃피워야 할 이유를 갖게 되었음을, 가슴이 충일하는 어떤 예감들로 설레었음을 고백한다. 내 존재를 이루는 모든 것들, 세포들, 유전자, 알고 있는 것과 모르고 있는 것들, 흠 많은 혼魂, 경험과 의지, 동경, 욕망, 성급함, 어리석음, 분노, 치욕, 건방짐, 질투심…… 그 모든 것들이 '너'라는 한 사람의 존재 때문에 '의미'를 갖는 이 갑작스런 기적을 어떻게 설명할 수 있을까. 사랑은 예고 없는 신열처럼, 신 내림처럼 오는 것.

숲, 오솔길, 바다, 협재 바닷가, 온천, 4월의 비, 새로 돋는 잎, 초록 싹들, 아이스 티, 멘델스존의 바이올린 협주곡, 나무의자, 밀란 쿤데라, 엑상프로방스 지방, 장 그르니에, 차가운 맥주, 담소, 우울할 때 듣는 바흐의 모든 음악, 리 오스카의 하모니카 연주, 연극, 무라카미 하루키의 단편들, 니체, 생선초밥, 마종기의

「연가들」, 이상, 기형도, 화집들, 빈센트 반 고흐, 에드바르트 뭉크의 〈절규〉, 회색빛, 들판에 서 있는 나무들, 오후 4시의 창에 사선을 그으며 떨어지는 하오의 빛…… 이제 나는 내가 좋아하는 것들의 목록 속에 또 하나를 추가한다. 그 맨 끝자리에 나는 적는다. 너의 이름을……

2

나는 내 삶의 유일무이한 저자다. 누구나 열심히 자기 생의 백지 위에 삶이라는 책을 쓰고 있는 중이다. 네가 없었던 지나간 삶의 장들은 이미 씌어졌고, 이제는 네가 있는 새로운 장들을 써나가게 될 것이다. 널 몰랐던 날들의 햇빛과 널 알고 난 이후의 햇빛이 어떻게 달라졌는가를, 내 마음에 어떤 무지개가 떠올랐는가를 말해주고 싶다. 몸의 모든 감각, 마음, 직관을 열어 널 내가 쓰게 될 '새로운' 장들로 초대하겠다. 내 초대를 부디 받아다오. 널 더 많이 보고 싶어 하고, 네게 더 가까이 다가가고 싶어 하는 내 본능이, 세포 속의 유전자가 시키는 대로 널 사랑하겠다.

약속해다오. 이제 넌 자아를 더 높고 크게 키워야 한다. 그리하여 넌 지혜로운 여자가 되어야 한다. 네 몸을 양심과 마찬가지로 깨끗하게 지켜야 한다. 네 눈은 늘 좋은 것을 보고(책이든 영화든 텔레비전이든), 깨끗한 음식을 섭취하고, 적당한 운동을 하고, 몸을 너무 혹사하여 피곤하지 않도록 조심해라. 왜 그래야 하는지 알겠지! 내 사랑이 그만큼 순수하고 고귀하기 때문이다.

나는 믿는다. 나의 직관을, 내 감정의 순수성을! 사랑이란 한 개체에게 일어나는 아주 중요한 실존의 사건이다! 이것은 흘러 지나가고 마는 유희적인 감정이 아니다. 내 실존이 체계를 뒤흔드는, 어쩌면 세상을 바라보는 방식과 삶의 방법론 선택에 작용하는 중요한 '사건'이다. 나는 더욱 강해져서 강철처럼 무적의 사내가 되겠다.

사랑이란 무성한 잎사귀를 피우고 서 있는 여름날의 튼튼한 교목喬木과 같은 것, 난 너의 어린 소년이 되어 그 푸른 그늘 밑에 영원히 있고 싶다.

더 나은 세상을
향하여

며칠 동안 서울 하늘이 회색 담요를 드리운 것같다. 지난 가을 맑은 날이면 북한산의 자태가 손에 잡힐 듯 환하게 보였는데, 요즘은 대기는 뿌옇고 가까운 고층건물의 형체조차 흐릿하다. 어느 날은 대낮인데도 마치 어둠이 내린 것처럼 컴컴하다. 한 통계를 챙겨보니 1996년 5월 1일부터 6월 5일까지 36일 동안 시정거리가 10킬로미터 미만인 날이 22일이나 되었다.

시정거리는 구름이나 안개, 환경오염과 밀접한 관련이 있다. 대기가 흐려 보이는 연무현상은 미세먼지 같은 오염물질이 대기 중의 수분을 빨아들여 생기는 현상이다. 박무라고도 하는 옅은 안개는 오염물질과 상관없이 나타난다. 1996년 늦봄에 유독 이런 박무와 연무 현상이 잦았던 것은 그해 4월 말부터 한반도 중부지방에 강한 고기압대가 동서로 걸쳐 있어 대기가 안정돼 있었던 탓이다. 공기 덩어리가 위에서 아래로 내리누르는 구조라 바람이 일지 않았고, 그 결과 오염물질이 해체되지 않은 채 오래 정체되어 일어난 현상이다. 서울의 지형은 북쪽으로 북한산이 버티고 있고, 남쪽으로 관악산과 청계산이 둘러싸고 있는 분지 형태다. 그런데다 강우 일수도 평년보다 줄어서 오염물질이 흩어지지 못하고 서울 상공에 계속 머물러 있었다. 연무현상은 그만큼 대기 중에 미세먼지들이 많이 떠돌아다닌다는 것을 입증한다. 미세 먼지들은 석탄, 석유 등 화석연료가 탈 때 또는 자동차 매연과 산업체 등 배출가스에 많이 포함되어 있다. 이것은 인체 내 기관지 및 폐 내부까지 들어가기 쉬운 입자로 기관지를 거쳐 폐에서 흡착되어 각종 폐질환을 일으키기도 하는데, 심지어 폐암의 요인이 되기도 한다.

연무현상이 계속되더니 마침내 오존주의보가 내려져 충격을 주었다. 오존주의보는 대기 중의 오존 농도가 0.12피피엠(ppm)에서 0.3피피엠일 때 내려지는데, 이때는 바깥에서 하는 운동경기나 노약자의 경우 바깥활동을 피해야 한다. 또한 불필요한 자동차 운행을 멈추고, 되도록이면 대중교통 이용이 권장된다. 오존은 자동차 배기가스를 통해 배출되는 탄화수소, 이산화질소와 정유공장, 세탁소, 주유소 등에서 생겨나는 휘발성 유기화합물이 햇빛에 반응해 생겨난다.

　서울의 경우, 1990년 0.009피피엠이었던 것이 자동차 수가 급격히 늘어나면서 1994년경에는 0.014피피엠으로 높아졌다. 직사광선이 내리쬐는 오후 2시 전후에 농도가 올라간다. 서울에 오존주의보가 내려진 날은 흐린 날씨였다. 이때 오존 농도가 주의보를 발령할 정도로 높아진 것은 서울지역 일대의 기상체계에 심각한 이상 현상이 생긴 것으로 해석됐다.

　상층권의 오존은 태양에서 발산되는 자외선을 막아주기 때문에 지구 생물체의 생존에 필수불가결한 요소다. 태양에서 발산되는 자외선이 그대로 지표면에 내려온다면 바닷속 생물 외에 지상의 생명체는 살아남을 수가 없다. 아울러 오존은 우리의 호흡기에 직접적인 영향을 미친다. 대기 중에 0.1피피엠 이상의 오존 농도가 한 시간 이상 지속되면 눈이 따갑고, 호흡기에 자극증세가 나타나며 기침, 눈물 등의 생리적인 반응이 일어난다. 심하면 폐기종, 기관지염 등과 같은 스모그병으로 진행할 수도 있다.

　그해 6월 11일에는 경기도 연천군 한탄강에서 수만 마리의 물고기들이 죽어 허옇게 떠올라 사람들을 놀라게 했다. 물고기의 떼죽음은 인근 공장들이 오·폐수를 무단방류한 것이 원인이다. 한탄강에서 물고기가 떼죽음을 당한 다음날인 12일에는 파주시 적성면 주월리 틸교 밑에서 1백여 마리의 물고기들이 죽어 떠올랐고, 다시 13일에는 이곳에서 5킬로미터 떨어진 두지리에서, 14일에는 두지리에서 8킬로미터 아래인 파평면 장파리 일대에서 수백 마리의 민물고기들이 떼죽음을 당했다. 이뿐만이 아니다. 15일 오전에는 남한강 상류인 정선군 정선읍 봉양4리 정선 제1교 부근 조양강에서 민물고기 1천여 마리가 죽어 허옇게 물 위로 떠올랐다. 한탄강의 물고기 떼죽음과 관련하여 경찰과 검찰이 조사에 나서고 폐수를 무단방류한 업체의 대표들이 구속되는 와중에도 공동 폐수처리장에서는 야간을 틈타 몰래 한탄강 지류인 신천으로 공장 폐수를 수천 톤씩이나 그냥 흘려보낸 파렴치한 행위들이 저질러졌다.

1987년 환경부의 자연생태계 전국조사 때 임진강 수계에서 발견된 어류는 모두 29종이었다. 그 뒤 8년여 동안 임진강과 한탄강에서는 황쏘가리, 버들치, 세코꾸리미, 큰납지리 등 물고기 종류의 절반 정도가 사라졌다. 우리나라 야생 동식물 가운데 호랑이 등 6종이 멸종된 것으로 확인되고, 포유류 9종, 어류 3종, 양서 파충류 7종, 조류 30종, 곤충류 8종, 외떡잎식물 5종, 쌍떡잎식물 13종, 양치식물 1종 등 76종의 동식물 종이 멸종위기에 처해 있다고 한다.

우리나라 동물 가운데 호랑이, 원앙사촌, 서호납줄갱이, 식물

중에는 물솔, 파초일엽, 매화마름 등 모두 6종이 멸종되어 더 이상 볼 수 없게 되었다. 호랑이는 한반도 전역에 걸쳐 분포했으나 일제 강점기와 전쟁을 치르면서 남획과 서식지의 황폐화로 차츰 그 개체수가 줄어들다가 해방 전후로 완전히 사라졌다. 오리과科 새인 원앙사촌은 지난 1971년 북한의 함남 명천군 칠보산에서 동해로 흐르는 보천강 하구에서 관찰된 이후 발견된 사례가 없어 멸종된 것으로 보인다. 소호납줄갱이는 잉어과 물고기로 입수염이 없으며 입이 작고 등과 배가 각각 암갈색과 은백색인데, 경기도 수원의 서호에 서식했다. 양치식물로 '물부추'라고 불리는 물솔은 60여 년 전 평택에서 발견됐으나 경지정리 작업때 절멸된 것으로 추정된다.

임진강 수계에서 물고기 종의 절반이 사라진 것은 강 상류에 있는 염색·피혁업소, 축산시설에서 흘러나오는 폐수와 오수로 인해 임진강 수질이 생물학적 산소요구량(BOD)이 1993년 1.3피피엠에서 1994년 3.4피피엠으로 나빠진데다 1996년에는 10피피엠을 초과해 농·공업용수로조차 사용하기 어렵게 됐기 때문이다.

급격한 도시화와 인구 증가, 무분별한 개발이 동식물의 서식환경을 파괴한다. 늘어나는 차량들, 늘 뿌옇게 흐려 있는 대기, 농업용수로도 사용할 수 없을 정도로 오염된 하천들, 식물의 생장을 더디게 하고 각종 산림자원을 황폐하게 만드는 강산성비, 쓰레기 침출수, 오염된 사료의 영향으로 태어난 기형 가축들……

환경이 오염되었을 때 더 나은 삶의 질에 대한 꿈은 가망없는 것이 될 수밖에 없다. 이대로 방치한다면 우리의 삶은 쓰레기더미 위에, 풀 한 포기 제대로 자라날 수 없는 황폐한 땅 위에 세워야 할지도 모른다. 어느 대중매체에서 환경 캠페인으로 '내일이면 늦으리'라는 구호를 내세웠다. 그렇다. 내일이면 너무 늦다. 그때 후회는 이미, 돌이킬 수 없이 늦어버린 헛된 후회가 되고 말 것이다.

얼마전 철새 도래지로 널리 알려진 주남저수지를 다녀왔다. 마산에 사는 문인 몇 분의 초청으로 이루어진 여행이다. 주남저수지에 도착한 때는 어둑어둑할 무렵이다. 차가 마주 오면 서로 피해가기 힘들 정도로 좁은 길을 굽이굽이 돌아 차가 더 이상 나아갈 수 없는 데 이르러서야 차를 세웠다. 서녘 하늘엔 아직 노을이 남아 있고, 노을 진 하늘 위로 철새들이 떼지어 날아가고 있다. 어둠이 덮어오는 갈대밭은 바람이 지나갈 때마다 서걱거리는 소리를 냈다. 긴 저수지 둑을 걸으며 물 위에 내려앉아 있는 철새들을 나는 가슴을 두근거리며 지켜보았다.

어둠이 내릴 무렵이라 탐조객들은 눈에 띄지 않는다. 주남저수지는 총면적이 1백80만 평에 이를 정도로 넓다. 수심이 얕고, 개펄과 넓은 갈대밭이 어우러져 철새들이 서식하기에 좋은 조건을 갖췄다. 겨울이 오면 시베리아 등지에서 70여 종의 철새 20여만 마리가 날아와 겨울을 나고 떠난다. 그중에는 재두루미, 고니, 청둥오리, 가창오리 등과 같은 희귀 조류들도 포함되어 있다.

저수지 둑길로 올라서니 어둠 속에서도 끝없이 넓은 갈대밭이 한눈에 들어온다. 낯선 발걸음소리에 놀란 작은 새들이 갈대밭에서 솟구쳐 올라 공중에서 풀씨처럼 흩어진다. 물 위엔 각종 철새들이 떼를 지어 떠서 먹이를 찾거나 쉬고 있다. 그 철새들의 구구거리는 소리가 조용한 저수지의 허공 위로 울려퍼진다. 우리 일행은 둑길에 멈춰 서서 철새들의 소리에 가만히 귀를 기울였다.

지방 신문기자직을 그만두고 창원시청의 하급 공무원으로 들어가 주남저수지의 철새들을 보호하고 있다는 사람의 이야기가 가슴을 따뜻하게 한다. 매일 주남저수지에 머물며 철새들을 사진기에 담고, 철새를 남획하는 사람들을 적발해서 쫓아보내는 일이 그의 일과라고 했다. 붉게 물든 석양녘의 하늘로 떼지어 날아가는 주남저수지의 철새 사진은 대개가 그의 사진이라고 한다.

저수지 일대가 완전히 어둠에 묻히자 철새들의 시끄러운 울음소리도 잦아든다. 우리는 주남저수지를 돌아나와 저녁식사를 하기 위해 시내로 향했다. 해마다 이곳을 찾는 겨울 철새들의 개체수가 줄어들고 있다고 한다. 한때 20여만 마리씩 날아오던 철새가 5만여 마리로 줄었다고 했다. 저수지 인근에 대형 아파트 단지가 들어서고, 공장과 축사들이 크게 늘어나면서 수질이 오염되고, 철새들의 먹이가 감소한 탓이란다.

주남저수지와 우포늪을 돌아보는 2박 3일간의 짧은 여행을 끝내고 돌아온 이튿날 아침, 신문에서 주남저수지 갈대밭이 주민의 방화로 불에 탔다는 소식을 접한다. 지역 거주민이 철새의 서식지인 갈대밭을 태워 없애버리려고 저지른 일이었다. 철새보호구역으로 지정되면 지역개발에 차질이 빚어지고 그로 인해 경제적 불이익을 감수할 수밖에 없는 지역 농민들의 절박한 심정도 이해되지 않는 바는 아니었지만, 나는 쓰디쓴 기분을 지울 수가 없었다.

누구나 최상의 삶을 소망한다. 생계문제와 같은 기본적인 삶의 조건이 충족된 이후 삶의 질에 대한 관심이 높아지는 건 자연스럽다. 그러나 삶의 질은 저절로 확보되는 게 아니다. 삶의 질은 삶의 물질적 토대인 환경과 밀접한 관련이 있다. 대기가 뿌옇게 흐려만 있던 서울에 마침내 오존주의보가 내려진 것과 한탄강과 임진강에서 연이어 일어난 수만 마리의 물고기 떼죽음은 우리가 직면하고 있는 심각한 위기의 징후다.

이것은 동식물에게만 해당하는 위기상황이 아니다. 삶의 기초적 터전인 대기와 하천이 회복 불가능할 정도로 더럽혀지고 있다는 신호다. 물과 땅과 대기는 지구상에 살아 있는 생명체들에게 필수불가결한 기초적 환경이다. 우리가 자식을 낳아 키우고, 크고 작은 꿈을 실현시켜야 할 기초적 환경은 사람뿐만 아니라 지구상에 살아 있는 수만 종 생물들의 귀중한 삶의 터전이다.

장님에게는 모든 게 갑작스런 모습으로 나타난다는 말이 있다. 어느 날 갑자기 눈을 떠보니까 물고기들이 떼죽음을 당할 정도로 오염된 강들, 잡초마저 자랄 수 없을 정도로 죽어가는 땅들, 한치 앞도 안 보일 정도로 뿌옇게 흐린 대기가 우리를 둘러싸고 있는 것이다. 사실은 그 모든 사태가 어느 날 갑자기 나타난 것은 아니다. 다만 우리의 관심이 엷었기 때문에 보이지 않았을 뿐이다. 이 사태는 우리 모두의 책임이다. 그동안 우리는 환경문제에 대해 눈먼 장님처럼 살아왔는지도 모른다.

눈을 크게 뜨면 더 많이 볼 수 있다. 환경이 죽으면 삶의 터전뿐만 아니라 우리의 꿈도, 삶도 죽어버린다. 울창한 산림, 거울처럼 맑은 강물과 호수, 시리도록 푸른 하늘…… 그것은 더 나은 삶의 질을 향유하려는 우리들이 소망하는 환경이다. 환경단체나 국가가 아니라 바로 우리가 눈을 크게 뜨고 우리 삶의 기초적 터전인 강과 땅과 하늘을 지켜야 한다.

글쓰기,
혹은 '세도나' 가는 길

—

—

추석 연휴를 코앞에 두고 이사를 했다. 만 여덟 해를 살았던 집을 떠나려니 마음이 허전하다. 식탁이 놓여 있던 자리 바로 옆의 벽에는 세 아이들의 키를 쟀던 눈금이 촘촘히 그어져 있다. 이제 세 아이들의 키는 훌쩍 커버렸고, 내가 간섭할 수 없는 자기들만의 세계를 구축하고 그 안에 틀어박히기 일쑤다.

  서재가 있던 2층으로 올라간다. 세 칸의 방을 꽉 채우고 있던 서가를 다 들어낸 휑뎅그렁한 2층을 둘러보며 돌이켜보니 그 방에서 나는 열한 권이나 되는 책을 썼다. 사방이 책들로 둘러싸인 그 방에서 나는 사유와 몽상을 위해 밤을 새우고, 그보다 더 많은 날들을 불안스레 서성거렸다. 그 방은 책의 방이며, 책이 잉태되는 방이었다. 바깥에 쌓아놓은 이삿짐의 방대한 양에 놀라야만 했다. 살기 위해 이렇게 많은 것들이 필요했다니!

짐들 가운데 불필요한 것들을 버리기 위해 정리를 하다가 한박스나 되는 우편물더미가 나왔다. 미처 정리하지 못하고 한쪽구석에 몇 년째 방치해두었던 것들이다. 연하장과 카드들, 청첩장과 개업 안내문들 속에 사신私信들이 뒤섞여 있다. 몇 통의 사신들은 그 발신인들이 누구인지 전혀 기억해낼 수가 없어 또 한번 크게 당황했다. 아무리 기억을 헤집어보아도 발신인이 누군지, 왜 내게 편지를 보냈는지 알 수가 없다.

잊혀져간다는 것, 망각. 세월이 흐르면 뇌세포는 쥐고 있던 기억의 끈들을 놓아버린다. 망각은 때때로 인생의 숨은 상처들에 대한 치유의 한 형식으로 주어진다. 어떤 기억들은 잊혀져감으로써 고요한 평화와 안식을 가져다준다. 생물학적 개체로서의 사람에겐 본능적인 위기 감지능력이 있고, 그에 대처하는 능력도 있다. 견디기 힘든 순간 생을 지탱할 만한 어떤 계기를 발견하게 되는 것은 우연이 아니다. 지난 2년간 나는 참 힘들었다. 생존의 고통이 날카롭게 나를 찌를수록 나는 필사적으로 글쓰기에 매달렸다. 세상과 나를 연결해주는 다리들을 차단했다. 그리고 나 자신에게 속삭였다…… 사막을 여행해본 사람만이 푸르름이 무엇인지를 안다. 모래의 바다에서 길을 잃어본 사람만이 물이 어떤 것인지를 안다고…….

혀는 더 맛있는 음식을 원하고, 눈은 더 아름다운 집과 옷과
물건들을 원한다. 나의 삶은 그것을 향한 질주이고, 그 질주는
늘 불만족과 좌절로 끝나는 질주였다. 나는 멋진 음악과 안락한
공간을 꿈꾸고, 늘 멋진 삶을 향유하고 싶었다. 혀와 눈 뒤에 숨
어 있는 욕망과 갈애는 삶을 움직여나가는 동력이다. 그 에너지
가 날마다 지친 심신을 일으켜 세웠고, 기억이 끊길 정도로 만취
하게 했고, 술자리에서 비위에 거슬렸던 낯선 사람과 언쟁을 벌
이거나 드잡이를 하게 만들었다. 그 동력은 나를 신성으로 나아
가게 하는 대신 바닥이 보이지 않는 저 깊은 욕망의 세계로 나아
가게 했다.

이것이 생과 욕망의 보편적 양태가 아닐까. 나 역시 그것에서
그렇게 멀리 떨어져 있었던 것은 아닐 것이다. 그렇더라도 '모독
된 생', 그것만큼 비참하고 견디기 힘든 것은 없다. 나는 그 '모독
된 생' 앞에서 분노를 주체하지 못했다. 그 분노는 마음속에서
살의殺意로 꿈틀거렸다. 아집에 빠져 생의 규율을 더 이상 보지
않는 최하의 인간과의 밀고 당기는 게임에서 나는 지쳤고, 마침
내 무너졌다. 무지와 어리석음으로 생을 모독하고 있는 한 어리
석고 욕심 사나운 인간을 향한 맹렬한 살의 앞에서 나는 심신을
전율하며 떨었다. 왜 모르겠는가, 분노는 부메랑처럼 그 대상만

이 아니라 분노하는 나 자신까지도 파괴하는 치명적인 것임을. 나는 자주 잠을 이루지 못하고 뜬눈으로 새곤 했다.

갑작스런 미국 여행은 내 의지와 무관한 것이었다. 미국 남서부지방에 있는 작은 도시 세도나로의 여행은 내 생의 예정에 없던 것이었다. 낯선 풍경과 낯선 사람들을 만나는 여행 내내 나는 '우연'에 대해 많이 생각했다. 모든 운명은 우연이고 기연이다. 나는 그렇게 아름답고 신비한 세도나와 만났다.

붉은 바위들, 대지 위에 하얗게 끓고 있는 일광, 메마른 땅 위에 솟아 있는 사막의 선인장들과 방울뱀, 수정보다 맑고 깊은 하늘, 내 안의 고요, 혹은 신성…… 세도나는 기억 속에 각인됐고, 존재의 어딘가로 섬처럼 떠다녔다.

글쓰기에 몰입하게 되면 내부의 모든 불안과 소란들은 일제히 제압된다. 작가에게 개인적 불행은 글쓰기의 무궁한 재원이다. 그러므로 작가들의 불행은 작품으로 보상받는다. 글쓰기에 몰입하게 될 때 하나의 빛이 내 안의 중심으로 뻗쳐든다. 그 빛은 평화와 고요, 그리고 기쁨이다. 마르그리트 뒤라스는 "글을 쓴다는 것, 그것은 야생으로 돌아가는 것이다"라고 했는데, 야생으로 돌아간다는 것은 문명의 폐해에서 자유로운 본래의 자기로 귀환한다는 뜻이리라. 일체의 불안과 의심, 분노와 살의를 떨쳐내고 소슬한 자기 자신에게로 홀연히 돌아간다는 것, 그것은 매혹적인 일이다. 글을 쓰는 순간은 아주 고독하다. 타자들과 격리된 골방에서 이루어지는 글쓰기. 여러 사람들이 떠들고 있는 카페와 같은 장소에서 글을 쓴다고 해도 그 타자와의 단절과 고독은 훼손되지 않는다.

그 누구의 간섭이나 개입이 허용되지 않는 고독한 순간에 비로소 글쓰기는 이루어진다. 그 고독 속에서는 자기 자신과의 대화만 허락된다. 그 무엇으로도 깨뜨릴 수 없는 아주 견고한 침묵의 대화. 내 스물세번째의 책, 명상소설 『세도나 가는 길』은 그런 배경 속에서 태어났다. 어쩌면 이 책은 그것을 수태한 모태로부터 보살핌을 가장 받지 못한 영양결핍의 책일 것이다.

세도나는 특별한 땅이다. 에베레스트 산과 터키의 아라라트 산, 그리고 알래스카의 매킨리 산을 연결하는 거대한 에너지의 선과 연결된 세도나는 상상을 뛰어넘는 에너지가 분출하는 곳이다. 이걸 볼텍스라고 한다. 낮은 지형에서 명상을 하면 전생 영상을 보게 되고, 돌출된 지형에서 명상을 하면 미래의 비전을 보게 된다. 바로 이곳에서 주인공은 자신의 몸을 관통하고 흘러가는 강렬한 에너지의 파동을 경험한다. 그는 자신이 놀라운 우주의 장엄한 에너지의 패턴 속으로 들어온 것이고, 세도나에 온 것이 우연이 아니라 이곳의 영들로부터 초대받았다는 사실을 깨닫는다.

생의 가장 힘든 시간들을 견디게 해준 이 책에서 나는 땅의 신비로운 기운의 작용들, 전생에 대한 투시와 같은 신비한 이야기와 함께 지금까지 우리가 살아왔던 것과는 다른 형태의 삶, 대안적 삶의 형식을 제안했다. 반물질주의, 지상낙원주의, 사람과 자연생태계가 공존해야 한다는 신념, 기존 도덕체계에 대한 부정, 가부장적 남성우월주의, 기성종교에 의해 부정되는 영적인 것들과 영적 공동체에 대한 관심에 대해 썼다. 나는 후기에서 이 소설에 대해 "내 절망이 인화해낸 영혼의 지리학"이라고 썼다.

『세도나 가는 길』을 읽은 많은 사람들로부터 이 소설의 작중인물이 겪은 경험이 내 실제 경험인가라는 질문을 받았다. 이 소설의 몇 퍼센트가 사실인가는 별로 중요하지 않다. 그것은 달이 아니라 달을 가리키는 손가락일 뿐이다. 나는 과잉의 욕망을 추동력으로 하는 삶에서 영적인 지혜와 통찰력의 삶으로 바뀌어야 한다는 사실을 말하고 싶었다. 세도나는 지리적인 '장소'가 아니다. 그곳은 내 영혼이 찾은 유토피아였다.

먼 북소리에 이끌려
여행을 떠났다

여름이 시작될 무렵 사람들은 저마다 여행에 대한 기대로 눈망울을 반짝거린다. 여름은 어딘가로 떠나기에 좋은 계절이다. 여행이란 익숙한 일상의 세계에서 낯선 비일상의 세계로의 떠남이다.

일상이란 무엇인가? 낯익은 가구들, 항공모함처럼 크고 오래된 목제 책상, 타종하는 것을 잊어버려 낭패에 빠뜨리는 낡은 괘종시계, 뚜껑의 꼭지가 달아난 주전자, 칭얼거리는 어린애의 긴 울음 끝, 어디선가 끝없이 들려오는 물 흐르는 소리, 길모퉁이에 있는 구멍가게와 같이 너무나 익숙해서 권태로운 세계다.

방황이 무목적인 배회이거나 서성거림인 데 반해, 여행은 세계를 주체적이고 창조적으로 경험하고 싶다는 의지가 강력하게 작용한다. 여행은 세계라는 황금빛으로 잘 익은 과일을 깨무는 것이다. 그 모험이 의미 있는 것은 세계를 새롭게 바라보게 하고, 탕진된 삶에의 열정을 충전시키기 때문이다. 여행은 이곳에서 저곳으로 떠나는 공간이동이면서 동시에 일상의 시간에서 신화적 시간으로 떠나는 시간여행이다.

사람들이 일상 속에서 권태에 빠져 하품을 할 때마다 삶에의 신선한 열정은 바람 빠진 풍선처럼 터무니없이 그 부피가 줄어든다. 그때 세계는 마치 말라비틀어진 귤과 같다. 그것은 더 이상 어떤 향기도 없고, 깨물어 먹을 수도 없다. 말랑거리지도 않고, 차고 씁쓸하게 신 즙을 내지도 않는 죽은 과일을 누가 손에 들고 있으려 하겠는가.

그것은 끝없는 반복과 나태, 맛없는 세 끼의 식사와 피로가 쉽게 풀리지 않는 얕은 잠, 오후의 끈적끈적한 식곤증의 세계다. 트림을 하고 난 뒤 풍기는 음식냄새, 삶을 한없이 권태롭게 만드는 것들…… 그러한 현실의 권태와 나태를 떨쳐버리고 홀연히 여행을 떠난다. 그때 마음 밑바닥에는 자연으로 회귀하고 싶다는 근원적 욕구도 숨어 있다. 자연은 생멸을 뛰어넘어 영원히 순환하는 세계다. 그 속에서 그것의 일부가 되고 싶다는 욕구는 인간의 내면에 오랜 세월 동안 깃들여왔던 본능이다.

문명세계에서는 아무도 자연의 일부로 남아 있을 수 없다. 사람들은 지느러미도 없고 아가미도 없다. 사람들은 자연 대신 문명의 세계를 삶의 자리로 선택했다. 우리는 여름 밤 하늘의 별자리 아래에서 우리가 자연의 일부가 아니라 문명의 일부라는 사실을 깨닫는다.

사람들은 비가 내리는 바다를 바라보며 이제 여름이 끝났고, 끝끝내 자연의 일부가 되지 못한 자신들은 다시 삶의 자리로 돌아가야 한다는 사실을 쓰디쓰게 깨닫는다. 지난 여름의 흔적들은 여기저기 남아 있다. 휴가지에서 입었던 바지에서 모래알들이 우수수 쏟아져내리고, 땡볕에 그을린 등은 허옇게 껍질이 일어난다. 그것들은 이제 한낱 인멸되지 않는 지난 시간들이 물증이 될 터이다.

휴가지에서 텐트를 걷고, 갖가지 빨랫감들과 모기향과 샌들, 몇 권의 책을 챙기며 문득 저 도시에서의 일상을 떠올린다. 도시로 돌아가면 여행지에서 들떴던 마음을 가라앉히고 자기 업무에 충실해야 할 때다. 우리가 버리고 떠났던 도시에는 약속들과 계약들, 관청으로부터 받아내야 할 허가들, 업무들이 산적해 있다. 이제 그것들과 싸워야 한다. 지나간 여름은 망각 속에 묻혀 영원의 시간 속으로 흘러갈 것이다. 우리는 카페에서 아메리카노 커피나 차디찬 레모네이드를 마시다가 문득 추억의 이름으로 지나간 여름날의 여행에 대해 말할 뿐.

"어느 날 문득, 나는 긴 여행을 떠나지 않고서는 도무지 견딜수가 없었다"라고 무라카미 하루키는 『먼 북소리』에서 썼다. 마라톤과 여행, 고양이를 좋아하는 작가. 그는 끊임없이 어딘가를 여행하며, 또 그곳이 어디든 상관하지 않고 달린다. 그는 말한다. "아침에 눈을 떠서 어디론가 가보고 싶어지면 그대로 집을 뛰쳐나가 기나긴 여행을 했다"고.

그는 달리기 중독자다. 그는 일본에서뿐만 아니라 그리스에서도 뛰고, 이탈리아에서도 뛰고, 독일에서도 뛰고, 미국에서도 뛴다. 독일 함부르크에서는 조깅을 하는 창부와 만나기도 한다. 그 창부는 꽤 빠른 속도로 뛰고 있었고, 작가는 그녀에게 '굉장하군요'라고 말을 건넨다. 그 창부는 '몸이 자본이잖아요'라고 대답한다. 작가는 '창부도, 소설가도 몸이 자본'이라는 점에서 같다는 걸 깨닫는다.

그는 유독 고양이를 좋아한다. 고양이는 비사교적이며 오만하고 차가운 성정의 동물이다. 혼자 있기를 좋아하고 선천적으로 몽상가다. 하루키 소설의 주인공들이 대체로 해체된 가족의 일원이고 비사회적인 것은 우연이 아니다. 그들은 고양이처럼 외톨이다.

하루키는 대학교를 졸업하고 나서 작가로 등단하기 전 청년기의 몇 년 동안 재즈카페를 운영했다. 스물아홉 살이 되던 해 여름, 야구장에서 야구경기를 관람하다가 불현듯 소설이 쓰고 싶어졌다. 그는 재즈카페의 영업이 끝나고 새벽 두세시에 집으로 돌아와 부엌 식탁 앞에 쪼그리고 앉아 첫 소설을 썼다. 그의 처녀작 『바람의 노래를 들어라』는 그렇게 탄생한다.

그는 일본을 대표하는 세계적인 작가로 성큼 성장했다. '텅 빈 것'과 '가벼움'의 미학을 보여주는 문체는 재즈와 닮아 있다. 동시대성을 꿰뚫어보고 그 징후들을 날렵하게 포착해내는 하루키의 소설들은 우리나라에서도 많은 독자들을 확보하고 있다.

누구나 살아가는 일에 지칠 때 낯선 곳으로의 여행을 꿈꾼다. 하루키는 여행을 통해 새로운 소설들에 대한 영감과 힘을 얻는다고 했다. 『하루키의 여행법』에서 그는 "여행하면서 쓰고, 쓰면서 여행한다"고 말한다. 실제로 1986년 가을부터 1989년 가을까지 그리스와 이탈리아에 임시 거주지를 두고 유럽의 이곳저곳을 여행하며 그의 대표작이라 할 수 있는 『노르웨이의 숲』과 『댄스 댄스 댄스』 등을 썼다.

그는 세계의 이곳저곳을 떠돈다. 그의 소설 속에서 텅 빈 바, 비수기의 횅한 호텔, 매립된 바다, 초원, 개 한 마리가 어슬렁거리는 교외선의 역, 수도원이 있는 그리스의 외딴 섬, 터키의 황량한 들판, 사람 하나 보이지 않는 홋카이도의 목장 등과 같은 이

미지를 쉽게 만날 수 있다. 이것들은 우리가 반복적으로 만나는 일상 저 너머를 말해주는 기호들이다. 여행은 일상 저 너머로 건너가는 문이다.

하루키는 성공한 작가들과 배우들이 사는 미국 뉴욕의 이스트 햄프턴을 찾기도 하고, 일본 야마구치의 한 무인도인 까마귀섬으로 은신하기도 한다. 푸에르토 바얄타에서 오아하카까지 치안 부재의 멕시코 대탐험에 나서기도 하고, 우동의 명가를 찾아 가가와현의 시코쿠로 맛 기행을 떠나기도 한다. 또한 2차세계대전 때 일본과 옛 소련간에 치열한 전투가 벌어졌던 몽고 노몬한의 철의 묘지를 찾아 중앙아시아의 초원을 가로지르기도 한다. 자동차로 8천 킬로미터에 달하는 아메리카 대륙 횡단에 나서기도 하고, 니시노미야에서 고향 고베까지 도보여행을 하기도 한다. 그리고 이런 여정 속에 만난 풍경과 사람과 삶들을 그의 독특한 감성과 문학적 성찰로 버무려 기록해간다. 그 기록이 바로 『하루키의 여행법』이다.

그가 그토록 여행에 빠져드는 이유는 '환상' 때문이다. 대체로 일상의 공간은 낯익고 편안한 곳이지만 여행은 불확정성과 미지의 것들로 가득 찬 공간 속으로 자신의 생을 들이미는 일이다. 따라서 여행이란 식중독과 노상강도의 위험과 뜻하지 않은 분쟁과 소지품 분실과 피로감으로 범벅되는 그 무엇이다.

실제로 무인도를 찾아가 며칠 동안 벌거벗은 채 수영을 하고 따뜻한 바위에 몸을 기대고 책을 읽으려는 하루키의 달콤한 꿈은 벌레들의 기습으로 무참히 깨지고 만다. 여행은 그런 것이다. 하루키의 말처럼 "여행은 피곤한 것이며, 피곤하지 않은 여행은 여행이 아니다." 하루키는 여행을 다음과 같이 정의한다.

  샤워장의 미지근한(혹은 미지근하지도 않은) 냉탕, 삐걱거리는 침대, 삐걱거리지 않는 대신 딱딱하기만 한 침대, 어디서 날아오는지 끝없이 왱왱거리며 날아들어 물어뜯는 굶주린 모기떼, 물이 내려가지 않는 변기, 불친절한 웨이트리스, 날마다 쌓여가는 피로감, 그리고 자꾸만 늘어가는 분실물. 이것이 여행이다.

우리는 낯선 여행지에서 온갖 고생을 다 겪고 집으로 돌아와 낯익고 편안한 소파에 걸터앉으며 '아아, 뭐니뭐니해도 역시 집이 최고야'라고 말한다. 그러나 얼마 지나지 않아 여행이 우리에게 강요했던 불쾌한 기억들을 말끔히 잊어버리고는 또다시 '눈에 보이지 않는 힘이 이끄는 대로 비틀비틀 벼랑 끝으로 다가가는 것처럼' 여행길에 나선다. 일상의 삶 속에서 탕진해버린 환상을 충전하기 위해 저 혼돈과 알 수 없는 위험들이 숨어 있는 모험에 제 생을 내줄 때, 여행은 이미 치유되지 않는 병이다. 그것은 뿌리칠 길 없는 매혹이고 유혹이다.

　미지의 것과의 만남은 여행의 숙명이다. 눈앞에 펼쳐지는 모든 풍경, 사람들, 언어와 관습, 음식, 이 모든 것들이 어제의 것과 다르다. 낯선 것은 우리를 긴장하게 만든다. 여행이 주는 긴장감은 삶의 생동감으로 전이된다. 일상적 삶의 현실과 여행지 사이에 존재하는 이 다름, 차이는 다름아닌 거울이다. 그것은 나의 삶과 현전을 투명하게 비춰낸다.

　하루키는 여행지에서 결코 자세한 메모 따위를 하지 않는다. 다만 온몸으로 그 정경과 시간에 '몰입'하려고 애쓴다. 완전한 '몰입'이야말로 그저 스쳐갈 뿐인 관광객이 아니라 그 여행지의 시간을 진정으로 살게 만드는 것이다.

　현장에서는 글쓰기를 잊어버린다. 그저 그때그때 눈앞의 모든 풍경에 나 자신을 완전히 몰입시키려 한다. 눈으로 정확히 보고 머릿속에 정경이나 분위기, 소리 따위를 생생하게 새겨넣는 일에 의식을 집중한다. 눈에 보이는 모든 것이 내 귀에, 내 피부에 스며들게 한다. 나 자신이 그 자리에서 녹음기가 되고 사진기가 된다. 내 온몸으로 받아온 것이라야 나중에 글을 쓸 때도 살아 있는 글이 나온다.

　여행은 숨가쁘게 달려가는 인생이 아니라 그 중간쯤에 잠시 멈춰 서서 숨고르기를 하는 휴지부休止符와 같은 것. 여행 중에 일상의 의무와 책임이 유예된다. 그때 우리는 온몸을 열어 낯선 곳의 공기와 풍경을 빨아들여야 한다. 그 완전한 몰입! 여행은 우리를 일체의 부자유와 구속으로부터 해방시켜 완전한 '자유'를 살게 한다. 터키의 옛 노래에 다음과 같은 구절이 있다.

먼 북소리에 이끌려 나는 긴 여행을 떠났다.

길이란 무엇인가. 그것은 미래를 잉태할 수 있는 자궁과 같은 것. 즉 자기 앞에
놓여 있던 삶의 온갖 가능성들이며 꿈이고 이상이다.

침묵은 우리에게 살고 죽는 일의 영원한 순환, 그 번뇌, 그 진실의 안과 밖을 보
여준다. 한순간의 밝음처럼 스치는 지혜의 빛 속에서 우리는 풀 길 없었던 삶의
비밀을 엿보게 된다.

침묵이 그대 말을 붙잡던가. 물가의 나무들이 바람에 흔들린다.
나무들이 바람을 붙잡은 적이 있던가. 하구(河口)가 언제 바다를 붙
잡던가. 우산이 흐린 날들을 붙잡던가.

사막 어딘가에

—

1
—

우리가 살아가려면 끊임없이 많은 것들을 배워야 한다. 이 세계
는 넓은 배움의 터전이다. 사람들은 살아가는 동안 많은 것들을
배우지만 정작 살아가는 데 꼭 필요한 것은 익히지 못한다. 때로
지식이란 얼마나 쓸모없는 것인가. 많은 지식은 많은 번민을 키
울 뿐이다. 모름지기 우리가 배우고 익혀야 할 것은 지식이 아니
라 지혜다. 다른 사람들과 함께 더불어 살아가는 지혜를 배울 일
이다. 그런 지혜만이 우리가 사는 세상을 좀 더 나은 세상으로
만든다.

2

어떤 일이 있어도 첫사랑을 잃지 않으리라

지금보다 더 많은 별자리의 이름을 외우리라

성경책을 끝까지 읽어보리라

가보지 않은 길을 골라 그 길의 끝까지 가보리라

시골의 작은 성당으로 이어지는 길과

폐가와 잡초가 한데 엉겨 있는 아무도 가지 않은 길로 걸어가
리라

깨끗한 여름 아침 햇빛 속에 벌거벗고 서 있어보리라

지금보다 더 자주 미소짓고

사랑하는 이에겐 더 자주 '정말 행복해'라고 말하리라

사랑하는 이의 머리를 감겨주고

두 팔을 벌려 그녀를 더 자주 안으리라

사랑하는 이를 위해 더 자주 부엌에서 음식을 만들어보리라

다시 첫사랑의 시절로 돌아갈 수 있다면

상처받는 일과 나쁜 소문,

꿈이 깨어지는 것 따위는 두려워하지 않으리라

다시 첫사랑의 시절로 돌아갈 수 있다면

벼랑 끝에 서서 파도가 가장 높이 솟아오를 때
바다에 온몸을 던지리라

—「다시 첫사랑의 시절로 돌아갈 수 있다면」

3
—

절망, 그것은 삶의 심연에서 나오는 것이다. 참으로 절망한 자들은 그 극한에 이르면 성자 같이 겸허해진다. 그들은 결코 나태와 쾌락으로 도망가지 않는다. 서둘러 나태와 쾌락으로 도피하는 자들은 절망한 자들이 아니라 포기한 자들이다.

나르시시즘, 혹은 자기애의 헛구렁 속에서 허우적거리는 사람들. 그들은 쉽게 '절망'을 입에 올리지만, 진짜 절망이 무엇인지조차 모른다. 진짜 절망한 자들을 만나기란 쉽지 않다. 그저 많은 사람들이 '절망'한 척할 뿐이다. 책임과 의무에 대한 불철저성으로 말미암아 필연적으로 귀결된 참담한 실패 앞에서 그들은 비겁한 자기 정당화의 수단으로 '절망'을 이용한다. 그들은 '절망' 속에 제 몸을 은신함으로써 타인들의 연민과 동정심을 자극한다. 그들은 다만 인생의 패배자에 지나지 않는다. '절망'은 나약한 자들의 것이 아니라 참으로 강한 자들의 정서에 속하는 것이다.

4

그대 아직 누군가 그리워하고 있다면
그대는 행복한 사람이다

그대 아직 누군가 죽도록 미워하고 있다면
그대 인생이 꼭 헛되지만은 않았음을
위안으로 삼아야 한다

그대 아직 누군가 잊지 못해
부치지 못한 편지 위에 눈물 떨구고 있다면
그대 인생엔 여전히 희망이 있다

이제 먼저 해야 할 일은
잊는 것이다

그리워하는 그 이름을
미워하는 그 얼굴을
잊지 못하는 그 사람을
모두 잊고 훌훌 털어버리는 것이다

잊음으로써 그대를
그리움의 감옥으로부터 해방시켜야 한다
잊음으로써 악연의 매듭을
끊고
잊음으로써 그대의 사랑을
완성해야 한다

그다음엔 조용히 그러나 힘차게
다시 일어서는 것이다!
다시 시작하는 것이다!

    —「잊자」

5
—

어떤 사람에게는 사랑을 잃어버렸다는 것은 살아야 할 이유의
상실과 등가를 이룬다. 사랑을 잃어버린 사람에게 세계는 저주
받은 어부왕漁夫王의 황무지와 같다. 말라버린 강과 곡식의 생산
을 그친 황무지. 그들이 할 수 있는 것은 체념이거나 돌처럼 삶의
막막함을 받아내는 일뿐이다. 그 일방적인 견딤은 고통스럽다.
어떤 이들은 그 일방적인 견딤의 방식을 받아들이기를 거부한
다. 그들의 거부는 고통 때문이 아니라 그 견인주의가 뒤에 거느
리고 있는 패배와 타협의 치욕스러움 때문이다.

　길이란 무엇인가. 그것은 미래를 잉태할 수 있는 자궁과 같은
것, 즉 자기 앞에 놓여 있던 삶의 온갖 기능성들이며 꿈이고 이
상이다. 사랑을 잃어버린 시인은 그것들을 '영원히 추방한다'고
선언한다. 그는 황무지를 죽은 생명들이 소생하고 풍요한 생산
의 땅으로 바꿔줄 '성배聖杯'를 찾아 떠난다. 그것은 낯선 기쁨과
전율을 찾아 떠나는 '길고도 오랜 여행'이며, 다시는 돌아올 수
없는 영원한 여행의 길이기도 하다.

6

한 사람이 벌거벗은 몸으로 태어나면
출생신고서의 검은 잉크자국이 마르기도 전에
그의 이름은 벌써 전쟁의 날들의 동원명단에 들어간다
태胎의 따뜻한 체온이 식기도 전에
세상에 태어나 터뜨린 첫 울음의 끝이 멎기도 전에
탄환이 관통한 그의 몸에서는 비릿한 피냄새가 진동한다
산부인과 의사의 손이 마르기도 전에
처음으로 어머니의 달콤한 젖을 빨기도 전에
국립묘지의 마른 땅 한 귀퉁이가 그의 묘지로 배당된다

한 사람이 벌거벗은 몸으로 태어나면
상인들은 그에게 팔 물건들의 목록을 작성하고
의사들은 그의 치료비로 청구할 액수를 계산하고
누군가 벌써 그의 수의를 깁고 있고
누군가 벌써 그의 관을 짜고 있고
누군가 벌써 그의 묘비명을 새기고 있고
누군가 벌써 그의 사망진단서에 붉은 도장을 누르고 있다

__「한 사람이 태어나면」

며칠째 비가 내렸다. 내가 묵고 있는 숙소 바로 아래로 며칠째 불어난 계곡물 소리가 폭포소리같이 커서 밤에는 잠을 설치곤 했다. 이 조그만 암자에 찾아든 것도 벌써 일주일이나 지났다.

　내가 처음 이곳에 왔을 때 젊은 스님들이 경계하며 방 내주기를 꺼려하더니, 이제는 낯을 익혀 제법 농담도 나누곤 한다. 절 식구들이라 해봤자 젊은 스님 두 분 외에 밥 해주는 보살과 그 보살의 다섯 살배기 아이가 전부다. 끼니때마다 보살은 밥을 얼마나 꾹꾹 눌러 담는지, 미련스럽게도 그 밥을 억지로 다 먹고 나면 몸을 움직이기조차 힘들 지경이다. 종일 추적거리는 비 때문에 방구석에만 꼬박 갇혀 있어야 하는 까닭에 그 과식이 몹시 부담스럽다.

　어젯밤에는 옆방에 든 재수하는 학생의 라디오에서 흘러나오는 외국 가수의 노래를 들었다. 그 가수의 울부짖는 듯한 탁한 목소리가 가슴을 후벼파듯이 들어온다. 가끔 코끝을 환각과도 같이 아른거리는 짙은 커피냄새가 저 멀리 내가 등지고 떠나온 도시에서의 번잡한 삶의 향수를 날카롭게 자극한다. 그토록 내가 떠나고 싶어 했던, 소음과 아황산가스 속에 묻힌 도시에서의 악몽과도 같은 삶을 그리워하다니! 하지만 나는 이미 그 도시에 중독된 사람이니 어쩔 수 없다. 번뇌를 끊고자 떠나왔는데도, 전갈의 독과 같은 번뇌 속에서 내 넋은 녹아내리는 듯한 고통뿐.

　오랜만에 비가 그치고, 해가 났다. 언제 비가 왔느냐는 듯 청명한 하늘엔 흰 구름 몇 점 떠 있다. 온 산에 햇빛이 골고루 퍼진다. 숲이 뿜어내는 초록빛이 싱싱하다. 초록의 잎사귀들이 머금고 있는 물방울들은 햇빛을 짧고 강렬한 은빛으로 퉁겨낸다. 숲길을 산책하다 돌아온 바짓가랑이가 풀떨기에 맺힌 물방울들로 흠씬 젖고 말았다. 나는 차츰 평화스러워지고 있다. 가슴에 무겁게 일렁이는 콜타르와 같은 어두운 격정도 조용히 가라앉고 있다. 내 마음속에서 녹색의 그늘이 조용히 짙어지고 있다.

　고통이 내 영혼을 쥐어짜 내 속의 한 방울 따뜻함과 부드러움까지 증발시켜버린다 할지라도 돌아가기를 주저하지 않겠다. 내 삶이 오래 머문 운명이라는 이름의 정거장이라면…… 삶이여, 다시 한 번 더!

8

억새풀들이 운해처럼 흔들리는 저 구릉들을 들개처럼 덧없이 떠돌고 있는 내 머릿속에 하나의 시구가 명료하게 떠오른다. 아르튀르 랭보의 "오, 흠 없는 영혼이 어디 있으랴!"라는…… 12월의 들판이란 봄날 이 지상에 어떻게든 싹을 틔워내려는 저 생명의 잔혹한 꿈틀거림과, 여름날의 놋날과 같이 떨어져 내리는 사나운 소낙비와 거센 바람, 가을의 갑작스러운 기온의 급강하와 서리들에 대한 기억을 끌어안고 있는 거대한 무덤이다. 그 비바람과 서리와 같은 수난의 역정을 고스란히 끌어안고 저 12월의 잿빛 일색으로 물든 채 상실과 무상의 늙은 어머니의 모습을 보여준다. 돌아보면 나는 그 흠 많은 영혼의 시린 삶을 안고 여기까지 달려와버리고 만 것이다. 내 영혼의 흠들이야말로 나를 참다운 나로 만들어온 것이 아닐까!

나를 구속하려는 일체의 인습과 이데올로기, 내게 주어진 조건들과 싸우며 살아왔다. 그 싸움들을 포기하고 운명에 순응하려고만 했다면 내 삶에 작은 흠도 만들지 않았을 것이다. 그러나 나는 단호하게 그것들을 피동적으로 받아들이는 대신에 내가 살고 싶은 삶을 살기 위해 싸워왔다. 그 싸움은 욕망 때문이기보다는 내 자존을 지키기 위한 싸움이었다. 삶의 많은 흠들은 그

_____ 고독의 권유

싸움의 생생한 흔적들이다. 나는 이제 단단하게 아문 그 상처의
자리에 나의 눈물과 욕망을 비벼넣고 어루만진다.

사람은 저마다 행복하게 살기 위해 태어났다. 사람의 내면에 있는 생명의 환희들에 대한 목마름이 그걸 말해준다. 나는 생명의 즐거움을 맘껏 누리고 싶다. 무언가를 먹고 마시는 향락, 또한 포말처럼 일어났다가 찰나적으로 사라져버리는 아주 짧은 육체적인 쾌락을 누가 단죄하려 드는가! 저 교조적 도덕주의, 저 광적인 생산 맹신주의의 드높은 목소리들 속에서 살아서 누리는 지복들에 대한 비장하고 찬란한 요구는, 흔히 비생산적인 퇴폐와 타락한 욕망으로 몰릴 수 있다. 삶의 내면적인 원리로서의 도덕과 물질문명의 토대로서의 생산은 마땅히 기려야겠지만, 그것만이 오직 중요한 것은 아니다.

사람은 생산하는 기계가 아니다. 사람에게는 행복을 향유할 천부의 권리가 있고, 그것은 언제까지나 유예되어도 좋은 부차적인 것이 결코 아니다. 행복하지 않다면 눈부시고 푸른 가을하늘도 매독처럼 견디기 힘든 형벌로 다가오는 것이다.

어느 날 문득 낮잠에서 깨어났을 때, '나'라는 존재가 내던져져 있는 이 세계는 돌연 아주 낯설다. 혼수상태와 같은 낮잠에서 깨어났을 때 어디선가 개 짖는 소리가 들려온다. 집과 거리, 사물들을 감싸고 있는 저 뜻 없는 빛. 나는 갓 태어난 신생아의 시선으로 낯설고 기이한 형상의 이 세계를 훑어본다. 아, 중요한 것은 아무것도 없다. 되물릴 수 없는 오직 한 가지 사실은 내가 낯설고 비현실적인 이 세계에 불시착했다는 것뿐.

우리는 태어나는 순간부터 어떤 '틀' 속에 갇히게 된다. 이것은 부정하고 싶어도 부정되지 않는 불행이며, 숙명이다. 누구의 자식이 된다는 것, 황색 인종이라는 것, 남자 혹은 여자로 태어난다는 것. 그것들은 우리 스스로의 의지나 선택과 무관하게 주어져버린 '틀'이다. '우연'에 의해 결정된 그 '틀'은 결정적으로 우리 삶을 어떤 형태로 규정해버린다.

하지만 사람에겐 거부할 길 없이 굴레 지워진 그 '틀' 속에 살면서도 그 '틀' 너머를 꿈꾸는 자들은 언제나 영원한 자유인이다! 꿈꾸지 않는 자들은 도태되고 만다. 꿈꾸는 자만이 절망에 난파당하지 않고 살아남을 수 있다. 꿈꾼다는 것은, 어떤 절체절명 속에서도 살아남는다는 것을 의미한다. 불모의 사막에서, 사막 어딘가에 끝없이 흐르는 푸른 물줄기가 보이지 않는 곳에 숨어 있다고 꿈꿀 줄 아는 사람만이 희망을 포기하지 않는다. 꿈꿀 줄 아는 사람만이 '틀'을 깨뜨릴 수 있다.

해질 무렵 잔디밭 위로 길게 늘어뜨려지는 땅거미는 곧 다가올 밤을 예고한다. 내 마음을 떠도는 알 수 없는 불안과 쓸쓸함, 생을 헛되이 소모하고 있다는 초조함에 쫓기게 될 때, 내 마음속에 먼지처럼 떠도는 그것들을 고요히 가라앉혀주는 것은 밝은 등 밑에서 펼쳐드는 한 권의 책이다. 마음의 소란은 고요히 가라앉고, 나는 내면으로의 여행을 떠난다. 그 몰입은 평화로운 충만과 행복을 준다.

나의 정신은 오랜 공복으로 비어 있고, 그래서 삶이 더욱 남루하게 느껴질 때 더욱더 향기와 침묵으로 채워진 책을 만나고 싶어진다. 내가 책에 몰입하는 것은 현실에서 도피하기 위해서가 아니라 진정으로 삶의 세계 속으로 돌아오기 위해서다.

여행의 끝은 참혹스럽다. 그 참혹함은 여행이 속절없이 빠르게 지나가버리는 인생의 덧없음과 허무를 잘 함축하고 있기 때문이다. 여행은 짧든 길든 인생의 도정을 날카롭게 환기시킨다. 얼마나 많은 사람들이 인생을 여행에 비유하여 말했던가! 그 비유는 진부하다. 여행의 끝은 하루의 저물음, 화려하고 자태를 뽐내던 꽃의 시들음, 연극의 종막, 웅장했던 건축물들의 퇴락, 질풍노도의 삶을 살았던 어떤 사람의 갑작스러운 죽음—인간으로서는 저항할 수 없는, 절대적인, 어느 날의 느닷없는 기습—의 이미지를 품고 있다.

과일이 그 과육 속에 풍부한 단물을 품고 있듯이, 죽음을 눈앞에 둔 한 노인이 늙은 소처럼 자신의 일생을 반추하며 되새김질할 때 변덕스런 슬픔이 아니라 물 속 같은 평화를 느낀다. 고생스러웠던 모든 날들은 덧없는 구름처럼 어디론가 흘러가버렸다. 아니다. 그것들은 우리들 육체의 어느 구석엔가 굳은 딱지에 덮여 서서히 아물어 흉터로 남는다. 그 기쁨과 슬픔의 날들의 생생한 결들, 그 모든 것들을 끌어안고 우리는 우리들이 나왔던 그 집으로 다시 돌아가야 한다. 제5막의 연극을 끝내고 막 뒤로 퇴장하는 배우처럼. 그 집은 어디인가. 무無인가, 공空인가.

세상은 아직 고요하다. 고요는 양수가 터지듯 파열하고 곧 붉은 아침노을이 흥건한 가운데 해가 머리를 쑥, 들이민다.

하얀 뼈의 잠에서 깨어나면
다시는 돌아오지 않을 여행을 떠나자

집은 저기 마당가에서 불타오르는 맨드라미에게 맡기자
이 세상 모든 비밀을 알아버렸으니
더는 지상에 남아 꿈꿀 일이 없다

그토록 부드럽고 따뜻한 입술을 주었던 너
그럼에도 불구하고 아무렇지도 않게 떨어져내리는
저 뻔뻔한 햇빛을 돌아보지 말자

차일이 마음에 드리우는 음란한 추억들을 뿌리치고
하늘의 대지에 풀씨처럼 뿌리를 내려 꽃피는 새들!
이곳에 다시 돌아와 슬픈 일을 만들지 말자

　　「여행」

13
—

오후에 이웃집에서 못을 박는다고 망치를 빌리러 왔다. 망치를 빌려줬다. 가끔 아래층에서 벽에 못이라도 박을라치면, 바로 위층인 우리 집 벽까지 쿵쿵 울린다. 아마 우리 집 수세식 변기의 물을 내릴 때 물소리는 아래층까지 울리리라. 그렇게 우리는 가깝다. 그러나 망치를 빌리러 온 이웃집 아이의 얼굴은 생소하다. 나는 그애가 몇 호에 산다고 말하지 않았더라면 몰랐을 것이다. 그렇게 우리는 낯설고 멀다.

우리는 동시대 속에 묶여 있다. 우리는 함께 배를 탄 사람들이다. 나는 그들을 더 잘 알고 싶다. 하지만 거품과 같은 내 욕망일 뿐, 나는 그들을 잘 알 수 없다. 나는 새벽마다 문 앞에다 신문을 던져놓고 사라지는 배달부와 한 번도 만난 적이 없다. 한 청년이 신문대금을 받으러 왔다. 그 청년이 신문을 배달하는 사람과 동일인인지를 알지 못한다. 궁금했지만 묻지 않았다. 다만 신문대금을 치르고 그 청년이 내주는 영수증을 받고 문을 닫았을 뿐이다.

애인은 겨울벌판을 헤매이고
지쳐서 바다보다 깊은 잠을 허락했다
어두운 삼십 주야를 폭설이 내리고
하늘은 비극적으로 기울어졌다
다시 일어나다오, 뿌리 깊은 눈섭의
어지러운 꿈을 버리고, 폭설에
덮여 오, 전신을 하얗게 지우며 사라지는 길 위로
돌아와다오, 밤눈 내리는 세상은
너무나도 오래 되어서 무너질 것 같다
우리가 어둠 속에 집을 세우고
심장으로 그 집을 밝힌다 해도
무섭게 우는 피를 달랠 수 없다
가자 애인이여, 햇빛사냥을
일어나 보이지 않는 덫들을 찢으며
죽음보다 깊은 강을 건너서 가자
모든 싸움의 끝인 벌판으로

　　「햇빛사냥」

사람에게 뿌리 대신 어디론가 이동할 수 있는 발이 있다는 것은 얼마나 다행스러운가. 떠남에 표지를 붙일 필요는 없다. '먼 곳에의 그리움'과 같은 낭만주의적 충동이라고 말할 필요도 없다. 단지 떠나기 위해 떠난다. 우리에게 주어진 이승에서의 빛나는 삶, 혹은 누추한 삶은 그 떠남에 의해 돌연 긴장을 획득한다.

삶이 한없이 지루하고 권태스럽다면 당장 어디론가 떠나라! 커피 스푼으로 일생을 되질하며 보낼 수는 없지 않은가. 떠난다는 것은 늘 돌아올 것을 전제로 하지만, 다시 돌아온 자들은 떠날 때의 그들이 아니다. 한꺼풀 허물을 벗은 곤충처럼, 돌아온 그들에겐 낯선 성숙의 그림자가 깃들여 있다.

알 수 없는 것, 미지의 세계와의 만남은 사람의 혼을 타오르게 한다. 오, 삶은 많은 출발들로 이루어져 있고, 그 출발은 수없이 많은 알 수 없는 것들과의 만남들을 은닉하고 있지 않은가. 그 만남들이 우리의 운명을 만들어낸다. 무엇을 찾겠다는 목표도 없이⋯⋯.

여름날의 흰 새벽을 나는 사랑한다. 나무들은 새벽의 푸르름 속에서 보병步兵들처럼 직립해 있다. 어디론가 끝간 데 없이 뻗어 있는 길들은 새벽 산책의 여로다. 일찍 깨어난 작은 새들이 포르

링거리며 길 없는 공중의 길로 날아간다. 이슬이 맺힌 풀섶을 스친 내 바짓가랑이는 축축하게 젖는다. 그 물빛처럼 투명한 시간에, 내가 지나온 삶의 여정들에 대한 성찰이 이루어진다. 내 앞에 놓여졌던 수없이 많은 길들 중에서 단 하나만을 선택함으로써, 선택에서 제외한 다른 많은 길들을 지워버렸다. 내가 선택하지 않은 길, 그리하여 내가 한 번도 가보지 않은 길이 의미 없는 것은 아니다. 내가 선택한 길이 의미가 있다면, 그것은 내가 선택하지 않은 다른 길들이 만들어낸 의미다. 이는 반지는 빈 구멍 때문에 반지 구실을 하는 것이며, 항아리는 빈 공간이 있기 때문에 쓸모가 있는 것과 마찬가지다.

사람에겐 해본 일보다 해보지 않은 일들이 더 많은 법이다. 우리 생에서 어떤 일을 과감하게 '저질러버림'으로써 생겨나는 후회보다는, 바로 그 일을 저지르지 않고 그냥 흘려보냄으로써 생겨나는 후회가 더 크다. 그 후회는 짧은 한 생애에 우수의 그늘을 드리운다. 그대가 젊다면, 생에서 생겨나는 잉여적인 후회와 회한의 부피를 줄일 의무가 있다. 그 의무는 경건하다. 한 사회의 통속적 규범이나 관행에 예속된 길을 버리고 과감하게 '자신의 길'을 가버림으로써 그 의무에 충실할 수가 있다.

번잡한 서울 거리를 끈에 묶여 끌려가던 검은 염소가

문득 뒤돌아서서 공룡 형상의 한 낯선 도시를 바라보듯……

그 슬픔이 칼이 되어 가슴을 버히듯……

　　　＿「자화상」

나는 5월의 밤공기 속에 농밀하게 풀어져 있는 라일락꽃 향기가
환기시키는 관능과 쾌락을 사랑한다. 나는 이미 스무 살이 아니
지만, 생 전체를 나태와 하품과 무의미한 반복, 단조로움으로 채
우고 싶지는 않다. 생은 축제여야 하고, 거칠 것 없는 본능으로
타오르는 불꽃이어야 한다. 불꽃처럼 생의 에너지를 남김없이
소진하며 살고 간 사람의 생애는 우리를 감동시킨다. 빈센트 반
고흐가 그렇고, 루드비히 반 베토벤이 그러하며, 프리드리히 니
체가 그렇고, 이상이며, 전혜린이 또한 그렇다. 그들은 생의 에너
지를 아끼지 않은 사람들이다. 어쩌면 그들에게 나날의 삶은 고
투였는지도 모른다. 그들은 생의 모험가이고, 규범적 삶의 일탈
자들이다.

　정해진 시각에 잠들고 정해진 시각에 깨어나 출근하는 생활
의 규범을 어느 날 문득 깨보라. 그리하여 이유 없이 하룻밤의
잠을 반납해버리고 그 밤과 마주 앉아 새벽이 올 때까지 버티고
있으면, 밤은 현존의 느낌을 극대화해서 우리에게 되돌려준다.
밤새도록 깨어 있는 자란 우주를 관조하고 우주와 대화하려는
자다.

　낮 동안 따가운 햇살 아래서 데워졌던 돌들엔 아직도 온기가

남아 있다. 그 돌의 까슬까슬한 표면에 볼을 비벼보라! 밤은 생명의 저 내밀한 움직임들을 우리에게 고스란히 되돌려준다. 육체의 피로는 빈 커피잔에 말라붙은 끈적한 갈색의 앙금처럼 남아 사지를 나른하게 만든다.

피로는 음미해도 좋을 만큼 달착지근하다. 밤을 새우는 일이란 목전의 필요에 의한 불가결한 것이 아닐 때 정신의 통풍을 위해서 유익하다. 그것은 말라비틀어진 유적의 삶에 신선한 피와 산소를 수혈하는 일이다. 생이란 새 한 마리가 풀섶에서 날개를 푸드덕거리며 까마득히 솟구쳐 오를 때 공중에 남기는 비상의 궤적 같은 것이다.

18

———

삶에는 길이 없다. 그런데도 사람들은 삶의 길을 찾아 이곳저곳을 기웃거린다. 아무리 애써 찾아 헤맨다고 해도 없는 길이 찾아질 수는 없는 노릇이다. 없는 길을 찾아 헤매던 그 부질없는 정열이 이제 그를 찌르는 정열이 된다. 길 찾기에의 열정이 길 찾지 못한 스스로의 어리석음과 실패에 대한 자학의 에너지가 되는 것이다. 삶은 괴롭고 불행하다. 그가 만일 애초부터 삶에는 길이 없다고 생각했더라면, 쓸데없이 길을 찾아나서는 수고를 하지 않아도 되었을뿐더러, 마침내 길을 찾지 못했다고 괴로워하지도 않았으리라. 삶에는 어떤 길도 없다. 그러므로 길 찾아 떠나는 것은 어리석다. 비 온 뒤 흙 위를 기어간 지렁이가 남긴 자취를 바라보라! 한 미물이 기어간 한줄기 동선의 흔적, 그 온몸으로 기어간 삶의 궤적! 지렁이가 보여주는 그 길에서 나는 자유와 해탈을 읽는다. 애초부터 길은 삶에 선행한 어떤 절대성으로 존재하는 것이 아니라, 언제나 삶의 뒤에 따라온다. 사람들이 찾으려는 길은 허상이다. 욕망과 관념이 만든 길! 사람은 태어나서 사랑하고 괴로워하다가 죽는다. 길은 그 뒤에 있다.

　나는 내륙지방에서 태어나 유년기를 오로지 그곳에서만 보냈기 때문에, 바다와 처음 대면한 것은 열일곱 살이 되어서였다. 첫 가출의 기착지였던 그 바다…… 바다를 처음 바라보았을 때 가슴이 두근거렸다. 일렁이는 파도에 뒤채며 날카롭게 빛을 반사해내는 햇빛, 일광에 달아오른 하얀 모래들, 햇볕에 그을린 적당히 피곤한 몸을 감싸는 바닷물의 차가운 느낌, 그리고 방랑과 노숙…… 그런 것들을 품어안고 있는 여름은 무엇보다도 젊은 자들이 향유하기 좋은 계절이다.

　나는 이제 젊지 않고, 더구나 가출 따위는 꿈꿀 엄두조차 내지 못한다. 다만 연극이며, 술이며, 시립도서관이며, 음악감상실이며 정신없이 헤매고 돌아다니다가 밤늦게 돌아와 기절한 듯이 뻗어 잠에 빠져들곤 하던 그 건강한 무지몽매의 젊음을 그리워할 뿐이다.

　오, 흘러가버린 시간의 저편에 내 스무 살의 날들이 있다. 한여름을 동복 정장으로 견뎌내며 음악에 몰입하고, 쓰디쓴 소주를 들이켜며 낯선 거리를 배회하던 날들…… 더는 견딜 수 없는 한계점에 도달했다고 생각하는 순간마다 나는 바다를 그리워하고, 몇 시간이고 밤기차를 타고 바다를 찾아가곤 했다. 바다는 한 번도 어떤 위로의 말을 건네준 적이 없지만, 나는 그저 막막한 수평선을 바라보고 있는 것만으로도 힘과 위안을 얻곤 했다.

이제 내겐 없는, 옛날의 주체할 수 없을 정도로 넘쳐났던 그 절망, 그 광기와도 같은 무작정의 열정을 나는 한사코 그리워한다. 하루 종일 바닷가를 헤매던 짧은 일정의 여행이었지만 그때마다 내 인내와 신념, 그리고 불안한 기다림은 보다 투명해지고 단단해지곤 했다. 돌아오는 밤기차 안에서 나는 표류하고 있는 것이 아니라 모색하고 있는 중이며, 나는 무위도식하며 인생을 낭비하고 있는 것이 아니라 때를 기다리며 인내하고 있는 중이며, 내 꿈은 백일몽이 아니라 실현 가능한 미래에 대한 창조적인 기획이라는 확신을 스스로에게 다짐하곤 했다.

나는 죽음이 무엇인가를 잘 알지 못한다. 그러나 무참한 욕정과 많은 희망과 기대 때문에 늘 좌절의 상처를 빛나는 훈장처럼 단 짧고 어두운 청춘의 한때, 그 불타는 여름이 가고 문득 다가온 적막한 가을밤에 귀뚜라미가 울 때, 세상에 나 혼자뿐이라는 자각이 얼음처럼 차가울 때 찾아든 것은 죽음에의 선명한 인식 이다. 그 낯선 방문객을 두려워해서는 안 된다. 무엇이 그 낯선 방문객을 우리에게 인도했는가? 그것은 가을밤의 도처에 버섯 처럼 자라고 있는 푸른 침묵들이다. 그 침묵이 우리에게 가르친 다. 침묵은 우리에게 살고 죽는 일의 영원한 순환, 그 번뇌, 그 진 실의 안과 밖을 보여준다. 한순간의 밝음처럼 스치는 지혜의 빛 속에서 우리는 풀 길 없었던 삶의 비밀을 엿보게 된다.

우린 삶이 무엇이고, 죽음이 무엇인가를 알 듯한 느낌 속에 앉는다. 그러나 우리는 겸허해야 한다.

석양의 붉은 빛이 하얀 묘석을 배경으로 막막하게 펼쳐진 하늘
에 빛나고 있다. 기울어가는 8월의 빛이 묘석 뒤에 게으른 그림
자를 늘어뜨리고 있다. 묘석의 그림자들을 바라보는 순간 참 오
랜 시간이 덧없이 흘러갔다는 자각이 예리한 파편처럼 가슴을
파고든다. 나는 묘지들 사이를 이리저리 거닐며 잠시 적막해진
다. 무덤에 누운 자들도 한때는 자신이 따뜻한 우주의 중심이라
고 확신했으리라. 그것은 얼마나 덧없는 짓인가. 아, 저 먼 나라
들의 길 위에는 누가 걷고 있는가? 이 지상에서의 짧고 비천한
삶을 마감하고 무덤에 누운 자들은 아무 말도 하지 않는다. 사
자死者들은 거짓에도, 진실에도 중립적이다. 수천의 묘지들은 다
만 기울어가는 빛 속에서 적막한 풍경을 이루고 있을 뿐이다. 그
들에 대한 산 자들의 추억도 낡은 과자상자 속에서 퇴색하고 있
는 옛 사진들처럼 빛바래고 있으리라. 그리고 흐르는 시간의 강
물과 함께 망각의 저 너머로 사라지리라. 마침내는 망각의 필연
속에 묻히는 씨앗 같은 우리 삶에 무슨 뜻이 있는가. 나는 자주
서울 근교의 공원묘지들을 찾아 뜻 없이 배회하곤 했다. 그것은
쓸쓸하면서도 즐거운 일이었다. 그것은 어린 시절 그림에 몰입
하여 하루해를 보내던 그때의 벅찬 충만의 기쁨을 가져다준다.

낯선 곳을 오래 헤매다가 비로소 나로 돌아온 듯한 기쁨이 마치 단맛이 듬뿍 밴 과일즙처럼 흘러넘친다. 그것은 왜일까? 죽음은 멀지 않다. 죽음은 내 소년 시절의 원체험이다.

내 어린 시절 이상하게도 봄철이 되면 마을에서 노인들이 한둘씩 죽었다. 상여 행렬과 곡, 그리고 요령소리는 내 어린 날의 뇌 속에 화인처럼 깊게 새겨져 있다. 마루에 엎드려 상여 행렬이 보이지 않을 때까지 바라보곤 했다. 뜻도 알 수 없는 슬픔이 가슴에 소용돌이쳤다.

내가 공원묘지를 찾는 것은 대개 삶에 지쳐 있을 때다. 삶이 권태스럽고 지루할 때마다 인적이 뜸한 공원묘지를 이리저리 걷고 있으면 마음이 깊은 평온으로 고요해진다. 그리고는 잃어버렸던 삶에의 의욕과 열정을 되찾는다. 때로는 삶의 엄숙한 일회성 앞에서 더 열심히 살지 못했음을 반성하기도 한다. 광기와 분노로 얼룩진 삶에 대한 끈적끈적한 열기를 확인할 수도 있지만, 수천의 묘지들의 풍경 속에 서서도 까마득하게 잊혀졌던 소년 시절의 병처럼 다가오는 삶에 대한 애틋한 사랑을 느낀다. 아니, 그것은 다가오는 것이 아니라 불쑥 솟구쳐 올라온다.

열다섯 살 무렵부터 막무가내로 빠져들었던 문학에의 열병 때문에 많은 것을 포기하고, 잃어버려야 했다. 어느 날 문득 돌아보았을 때, 나는 살아가는 데 필요한 최소한도의 조건—이를테면 졸업장, 어떤 기능, 강인한 육체의 노동력, 재산 많은 아버지—중 아무것도 갖추지 못한 빈털터리 실업자였다.

소속 없는 신분의 쓸쓸함과 피폐한 몸뚱어리, 무성한 관념과 결코 바닥이 보이지 않는 절망의 풍요. 그것이 스무 살 무렵 내가 가진 모든 것이었다. 나는 친구들의 하숙방을 떠돌았고, 도심가의 서점에서 몇 시간씩 서서 책들을 읽었고, 음악감상실의 깊은 어둠 속에 나를 숨겼다. 절망이 한 차례 지나가면 부끄러움이 왔고, 그 다음엔 세상에 대한 적의가 내 가슴에 아무렇게나 자랐고, 동복을 입고 다니는 것으로 세상에 대한 내 적의를 표현했다. 고작 그렇게.

나는 늘 말이 없었고, 어둡고 삭막했다. 그러면서도 내부에서는 한시도 꺼지지 않고 타오르는 불을 느꼈고, 그것이 나를 끝끝내 절망의 극단에까지 가서도 포기하지 않게 했다. 피, 그것은 바로 내 혈관을 쿵쿵거리며 뛰어다니는 액체화 된 불이었고, 삶에의 들끓는 열망이었다.

사랑은 본능이다. 어떤 사람은 자신의 일을 사랑하고, 어떤 사람은 권력을 사랑하고, 어떤 사람은 신을 사랑하고, 또 어떤 사람은 지상의 단 한 사람에 대한 열망과 기다림으로 자신을 가득 채워놓기도 한다. 우리의 혼은 무엇인가에 대한 사랑으로 채우지 않으면 안 될 빈 그릇이다. 사람은 사랑 없이 한순간도 살 수 없는 존재다. 사람은 사랑하기 위해 태어났다.

우리의 생은 언제나 지나간 사랑과 앞으로 다가올 사랑 사이에 있다. 길모퉁이에 서 있는 공중전화 부스를 보고 당신이 누군가의 전화번호를 떠올리며 두근거리는 가슴을 지그시 누르고 있다면, 당신은 지금 사랑에 빠져 있는 사람이다. 지나간 사랑이란 불에 데인 자국과 같다. 그 상처는 아문 지 오래여서 더 이상 어떤 아픔도 주지 않는다. 그러나 그것을 돌이켜 생각할 때, 돌연 심장은 붉은 깃발처럼 펄럭거리고 그 심장의 중심을 어떤 날카로운 아픔이 빠르게 지나간다.

한 사람을 사랑한다는 일은 분명 고귀한 것임에 틀림없다. 어떤 사람을 정말로 사랑하게 될 때, 우리는 그 사람의 눈으로 사물과 세계를 바라보게 된다. 그것은 한 사람을 통해 모든 타인들을 사랑하고, 세계를 사랑하고, 생명을 사랑하게 되었다는 뜻이므로.

정오의 따스한 물이 소리 없이 스미는
모래톱같이
내 피는 따스하다

발작 그친 뒤의 찢긴 영혼을 덮는
날개보다 진한
피의 강렬한 고요……

네 상처가 곧 꽃을 피우리라
밤의 영혼아, 끝내 바닥이 들여다보이지 않는,
영원히 도달할 수 없는 너

영혼과 영혼이 부딪치는, 피들이 싸늘히 웃는
온통 마음의 폭풍만이
너의 페이지를 연다

___ 「너에게·2」

나프탈렌 냄새가 짙게 배어 있는 지난해의 옷을 찾아 꺼내 입고, 밤이면 창가에 앉아 풀벌레의 울음소리를 듣는다. 여름철에 듣던 풀벌레의 울음소리와 가을철의 그것은 분명하게 다르다. 우는 종류도 다르고 높낮이도 다르다. 여름철 풀벌레의 울음소리가 극성스러웠다면, 가을철의 그것은 끝이 가늘고 왠지 쓸쓸하다. 그것은 꼭 듣는 사람의 심사 때문만은 아니다.

나는 여름철의 풀벌레 울음소리에서 왕성한 생명의 활력을 느꼈다. 그런데 가을의 그것에서는 내가 잘 알지 못하는 저 너머 세계의 어떤 기미들을 감지한다. 내가 한낱 미물의 울음소리들 속에서 절대와 신성에 대한 어떤 전언들을 감지하는 것은 감동하기 쉬운 민감한 영혼의 소유자이기 때문일까. 그 풀벌레들은 "너는 곧 네가 태어나기 이전의 세계로 돌아가리라"라고 내게 속삭이는 것 같다. 그 속삭임은 범속한 일상사에 너무 분주하여 내가 자주 망각하는 존재의 근원에 대한 사유로 나를 홀연히 끌어간다.

나는 왜 나무가 아니고, 왜 뱀이 아니고, 왜 공중을 나는 새가 아니며, 나는 왜 다른 그 무엇이 아닌 '나'인가. 나는 누구인가. 가을밤에 '나는 어디로부터 온 존재인가. 그리고 나는 어디로

가는 것인가' 하는 삶의 궁극에 대한 사색에 빠져드는 것은 자
연스럽다. 물론 그 사색의 끝에 확실하게 논증되는 어떤 결론이
있는 것은 아니다. 결론이 없어도 좋다.

낡은 돛배 같은 육신을 여기까지 끌고 온 것은 무엇일까.

아직 내 머리카락들은 새치보다 검은 것들이 많지만, 어느새 빠져나간 머리카락보다 새로 생겨나는 머리카락이 적어 성긴 부분이 드러나기도 한다.

나는 이제 고집스럽게 구두 뒤축에 달라붙은 진흙 덩어리와 같은 반생의 기억들을 끌어안고 살아야 한다. 그 반생의 기억들조차 벌써 시간의 풍화작용에 빛깔이 바래지거나 형체를 알아볼 수 없게 바스라져버렸다는 사실을, 고통스럽지만 나는 인정하지 않을 수 없다. 나는 많은 것들을 잃어버렸고 또한 잊어버렸다.

내가 잃어버린 것들. 여러 개의 만년필, 책들, 초등학교 때의 성적표들, 망쳐버린 시험지들, 초등학교 졸업앨범, 어느 신문사의 학생문예현상공모에 당선되어 받은 순은 메달, 상장과 상패들, 내가 그렸던 수채화들, 크고 작은 액수의 돈들, 친구, 어떤 꿈들, 청년의 열정, 동정, 연애의 서투름, 첫번째 키스의 기억, 자랑스러운 밤샘 공부, 어떤 상처, 첫번째 활자화된 작품이 안겨주었던 감격, 나를 스쳐간 여자들의 미소……

나는 잘못 든 길을 헤매느라 하루를 고스란히 날려보낸 스무살의 그 오류와 방황의 날들을 사랑한다. 나를 하나의 '주체적

인격'으로 키운 것은 결코 제도교육이나 도덕, 혹은 인습이 아니다. 나를 키운 것은 오로지 그 오류, 그 치기, 그 턱없는 슬픔, 어리석은 연애, 소모적인 방황 들이었다.

마침내 흰 새벽이 오고 있다. 흰 새벽 속에서 또다시 유예된 오늘
의 내 죽음으로 붉고 강한 불꽃을 피우겠다. 숨막히게 아름다운,
수직의 희고 시퍼런 불꽃을 피우겠다. 별들은 저편으로 사라진
다. 언뜻 별들이 내는 음악소리를 들은 것 같기도 하다. 발 밑에
서 뒤늦게 결빙되었던 얼음들이 갈라지고, 소리내며 깨어졌다.
얼음들은 녹아 흘렀다. 나는 걸었다. 자꾸 걸었다. 나의 한계를
넘어서. 그것이 예술이고, 삶이라면 나는 해내고야 말 것이다.

  "전부이면서 동시에 아무것도 아닌 망치질로 탁자 하나를 짜
맞추는 것……."(프란츠 카프카)

  나는 끝까지 갈 것이다.

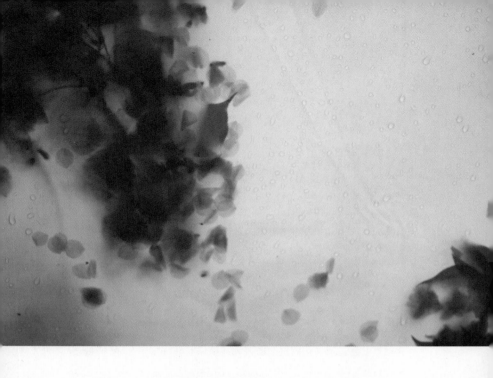

행복은 하늘에 아스라이 떠 있는 휘황한 무지개처럼 멀리 있지 않다. 행복은 저
어린 날 저물도록 풀밭에서 우리를 서성거리게 만들던 네잎 클로버가 아니다.
마음의 눈으로 바라보면 세잎 클로버도 네잎 클로버와 크게 다르지 않다는 사
실을 깨닫게 된다.

우리는 어떻게 행복해질 수 있는가? 어두운 터널 속과 같은 불행의 손아귀에 사로잡혀 시들어가는 삶을 어떻게 보다 생생한 것이 되게 할 수 있을까? 결코 행복은 거창한 것에 있지 않다. 행복은 작고 사소한 것 속에 숨어 있다. 아침에 눈을 떴을 때 잠자리에서 발가락을 꼼지락거려보자. 그것이 밤새 굳어버리지 않고 움직일 때 우리는 행복의 한 이유를 갖는 것이다.

　행복은 누군가에게서 선물을 받듯이 저절로 주어지는 것이 아니라, 우리 스스로의 노력으로 찾아내고 만들어내는 것이다. 바람이 흔들고 지나가는 초록의 잎사귀 하나에서도 행복을 발견할 수 있어야 한다. 이 세상은 감옥도, 무인도도, 달나라도 아니다. 둘러보면 사람, 사람, 사람들이 있다. 그들이 거기 있다는 것만으로도 행복할 수 있는 충분조건을 가진 셈이다. 햇빛과 앉을 수 있는 작은 의자 하나만 갖고 있어도 행복할 수 있다. 숨어 있는 그 작은 행복을 찾아내고, 그것을 좋은 사람들과 함께 나눌 때 그 행복은 두 배, 세 배로 커진다.

　당신은 스스로 불행하다고 생각하는가? 그렇다면 당장 나지막하게 '나는 행복하다!'라고 자신에게 속삭여보라. 그리고 당신의 내면 속에 깊이 잠들어 있는 행복한 자아를 조용히 일으켜

세우라. 그리고 웃어라! 그러면 행복해진다. 행복해서 웃는 게
아니라 웃기 때문에 행복해지는 것이다.

나를 사로잡는 것은 새로워진다는 것, 끊임없는 자기 갱신에의 열정적 의지, 세계를 향하여 열려 있는 의식의 유연성, 본질을 꿰뚫는 천재적 직관, 늘 창조적인 것에 바쳐지는 시간의 가치에 대한 인식, 자기 성찰, 하고 싶은 일을 하고 있다는 사실에 대한 고마움, 앎에의 욕구와 그것을 실천에 옮기는 정신의 건강함, 모든 일에 최선을 다한다는 것, 심미적 감각, 도덕적 균형, 이 모든 것을 수렴하여 자기의 것으로 감싸안고 있는 타인의 시선에 붙잡히는 내 외관, 그 격동하는 내면을 감춘 가시적 실체가 표면으로 보여주는 고요함과 부드러움! 다른 사람들을 설득하고 즐겁게 만드는 화술.

이 모든 것들은 어디서 왔는가? 나의 혈관을 흐르는 피와 근육들은 책의 자양분에 의해 형성된 것들이다. 책은 나의 유일한 학교였다. 그것은 획일화된 규율과 책임을 강요하지 않는 학교다. 사람이 저마다 타고난 인격, 개성, 자유의지를 존중하고, 어떤 억압도 정당화시키지 않는다는 점에서 그것은 탁월한 학교였다.

모든 사랑에는 약간의 광기, 약간의 얼빠짐, 약간의 한심스러움, 약간의 극약과도 같은 치명적인 독성이 있다. 사랑에 빠져 있는 사람의 눈동자를 조용히 들여다보라. 그 눈은 몽롱하고 걸음은 불안정하고 위태롭다. 그의 눈이 몽롱한 것은 이성의 마비 때문 이고, 걸음이 위태로운 것은 그가 비현실의 세계, 몽환의 땅을 딛고 서 있기 때문이다.

지금 누군가를 그리워하며 유행가의 가사 한 줄에도 주르륵 눈물을 떨구고 마는 사람이라면, '몇 번 해는 지고, 몇 번 앞마당 과 물 뿌린 거리를 지났고, 소설을 봤고, 차를 마셨고, 마루 위에 끌리는 치맛자락을 보았고……'와 같은 시구처럼, 뜻없음으로 부풀어오른 권태와 붙임의 나날들 속에서 허우적거리지 않을 것이다. 아아, 내 젊은 날의 위대한 시인 엘리어트!

또한 '나는 차라리 고요한 바다 밑바닥을 어기적거리는 한 쌍 의 엉성한 게 다리나 되었을 것을' 따위의 정말 '엉성한' 꿈 따위 는 꾸지 않을 것이다.

지독한 욕설처럼 왁자하게 쏟아져내리는 여름의 햇빛에 비해 가을의 그것은 완연하게 그 뻣뻣하고 드센 기세가 누그러든, 어쩌면 병약한 것처럼 보이기도 한다. 아직 볕은 강한 독을 품고 있어서 들판의 풀들과 돌들은 그 햇볕을 받고 시들어 바래지거나, 푸석푸석 부서져 내린다. 내 머리 위로 지나가는 정오의 가을빛은 황갈색이다. 들에 서 있는 한 농부의 불거진 광대뼈가 그 황갈색의 빛을 받으면 어떤 알 수 없는 번쩍임 같은 걸 보여줄 때가 있다. 그때 농부의 삶은 쉽게 접근하기 어려운 삶의 신성의 빛을 띤다.

나는 하루 종일 들판을 배회한다. 멀리 하늘을 찌를 듯이 날카롭게 솟아 있는 교회의 첨탑과 황토밭 한 모서리에서 삐죽하게 솟아 있는 해골을 보았다. 또 무덤들이 밀집해 있는 곳을 지나면서 여러 사람들의 비문碑文들을 눈여겨보기도 한다. 그 비문들은 각양각색이다. 죽은 자들은 오랜 휴식과 명상에 잠기리라. 내 등 뒤의 대숲에서 수런거리던 바람이 급하게 빠져나간다. 그리고 아무런 예고도 없이 돌연 어둠이 내린다.

내 몸 속에는 무수한 여름들이 숨어 있다.

무작정 바다를 보고 싶었다. 하인리히 뵐의『휴가병 열차』의
어린 병사는 우연히 유곽에서 흘러나오는 음악소리를 들으며
한 번만이라도 슈베르트의 곡 전부를 들을 수 있다면 그 대가로
자기 생애의 십 년을 바치겠다고 말한다. 벽에 기대어 절박한 심
정으로 슈베르트의 곡을 듣고 싶어 했던 어린 병사는 끝내 전쟁
터에서 숨졌을 것이다. 그때 나 역시 그 어린 병사만큼 절박했
다. 나는 무엇을 바치겠다고 했던가, 바다를 한 번만 볼 수 있다
면…… 내가 처음 바다를 본 것은 열일곱 살 때다. 질풍노도의
시기, 자의식만 비정상적으로 커져버린 나는 알 수 없는 목마름
으로 헐떡거렸다. 이른 나이에 읽은 보들레르와 니체는 해악이
었다. 뱀처럼 꿈틀거리는 사춘기의 주체할 길 없는 욕정과 유토
피아에 대한 열정적인 환상과 이성異性에 대한 갈구와 헛된 강의
만 계속하는 것 같은 교사에 대한 불신과 위선과 악담으로 끝없
이 감정을 소모시키는 과정…… 그것들로부터 나는 도망가고
싶었다.

자주 미소 짓고 자주 웃는 사람은 그 자신뿐만 아니라 옆에 있는 다른 사람들까지 행복하게 한다. 행복은 하늘에 아스라이 떠 있는 휘황한 무지개처럼 멀리 있지 않다. 어떤 사람은 반쯤 남은 컵의 물을 바라보면서, '아, 이제 물은 반밖에 남지 않았구나!'라고 탄식하지만, 어떤 사람은 똑같은 상황 속에서 '아직도 물이 반이나 남아 있어!'라고 기쁘게 말한다. 행복은 바로 그것을 발견하고 느낄 줄 아는 능력에 있는 것이지, 어떤 조건에 있는 것이 아니다. 행복할 줄 아는 능력을 가진 사람들은 어디에서나 그 행복을 찾아낸다.

　행복은 저 어린 날 저물도록 풀밭에서 우리를 서성거리게 만들던 네잎 클로버가 아니다. 마음의 눈으로 바라보면 세잎 클로버도 네잎 클로버와 크게 다르지 않다는 사실을 깨닫게 된다. 행복에 대해 조금만 관대해진다면 그것은 어디에서나 발견된다. 그것을 느끼지 못하고, 찾지 못하는 것은 행복에 대한 감각보다 불행에 대한 감각을 보다 예민하게 갖고 있기 때문이다. 이제 내가 왜 불행한가를 생각하는 시간보다 나는 왜 행복한가에 대해 생각할 시간을 더 자주 가져보자.

어린 시절 발가벗겨 놓고 알몸을 혁대로 후려치거나 불에 달군 쇠로 지지며 학대한 아버지, 나를 죽지 않을 만큼 구타하고 모욕을 주었던 교사들, 사창가를 드나들고 성병을 얻어 쩔쩔매던 사춘기의 친구들…… 이런 것들은 거짓말이다. 내게는 그런 부모도, 교사도, 친구도 없었으니까. 세상엔 믿을 수 없는 풍문과 터무니없는 모함이 늘 있었다. 풍문들의 진상은 항상 엉뚱하다. 당신도 알다시피 나는 알에서 태어나지 않았다. 당신도 알다시피 나의 옆구리에 사람들이 모르는 날개가 돋아 있는 것도 아니다.

돌연 사라지는 한낮의 빛에 비해, 가을의 황혼은 길다. 나는 그 황혼 속에 서 있다가 이십 년 전에 집에서 기르다가 가출해버린 고양이의 울음소리를 듣는다. 그 울음소리가 자꾸 메아리가 되어 들려왔다. 그 울음은 길고 끈덕졌지만, 마침내 사라졌다. 다시 나를 둘러싸고 있는 세계가 침묵 속으로 가라앉았다.

사막이라고? 그렇다. 척박한 삶의 현실, 그 불모성의 가운데 놓여 있다는 실존의 상황에 대한 무겁고 어두운 인식에도 불구하고, 인생에서 수확할 과일들과 은혜로운 하늘, 그리고 구원을 꿈꿀 수 있다는 것, 그것은 축복이 아닐 수 없다. 우리의 실존의 자리인 이 세계가 아닌 다른 곳으로 도피하지 않고—도피? 도대체 어디로 도피한단 말인가—이 삭막한 세계 어딘가에 숨은 푸른 우물을 찾아보는 것, 그것이 사람의 길이다. 푸른 우물을 찾는다는 것은 틀린 말이다. 찾는 것이 아니라 만드는 것이다. 꽃 피고 새 우는 세상에서의 즐거운 노동을 통하여 삶의 보람과 의미를 세울 수만 있다면, 그게 푸른 우물이 아니고 무엇이겠는가.

　도피하는 것은 사막에 푸른 우물이 있다는 믿음을 포기하는 것이다. 그리하여 불행에 대한 후천성 면역결핍증에 빠져드는 것이다. 아마도 사막 어디엔가 푸른 우물이 있다고 꿈꾸었던 작가는 행복한 사람은 아닐지 모르지만 적어도 불행에 대한 면역 기능을 가진 사람이었으리라!

우울 속에 제 무덤을 파고 병적일 정도로 침묵하며 의기소침해 있던 외로운 소년의 초상, 그것이 내 열일곱 살 때의 모습이다. 미래에 대한 암중모색조차 포기한 상태에서 내 머리는 여전히 근거를 알 수 없는 희망이라는 하늘을 이고 있었다. 그것이 내가 가진 미덕이고, 힘이고, 지혜였다. 사람들은 얼마나 많은 일들을 해보기도 전에 불가능하다고 포기해버리는가? 그것은 어리석은 짓이다. 진정한 삶의 대열에 참가할 자격이 없는 사람이다.

아무것도 비겁하게 피하지 말라. 밤이면 바위처럼 꿈 없는 잠을 자고, 다시 일어나 힘차게 주어진 길을 걸어가라. 그런 건강한 당신과 함께 가을의 빈 벌판을, 풀씨처럼 흩어져 나는 새들을 바라보며 어깨를 나란히 하고 그 저녁 길을 걸어가고 싶다. 가장 훌륭한 말은 침묵밖에 없다.

사랑하는 남자나 여자가 흔히 저지르는 실수 중의 하나는 상대
방을 자신이 원하는 스타일로 바꾸려고 하는 것이다. 상대방을
자신의 스타일이나 취향에 맞게 바꾸려는 것은 사랑이 아니다.
뒤틀린 나무를 깎고 다듬고 바로 펴서 벽체를 지탱하는 지주목
으로 삼은 적이 있다. 얼마쯤 시간이 지난 뒤 그 나무는 '쩍' 하
는 요란한 소리를 내며 다시 뒤틀린 원상태로 돌아가버렸다. 그
것이 뒤틀린 나무의 본성이다.

그때 나는 깨달았다. 뒤틀린 나무는 뒤틀린 상태대로 사랑해
야 한다는 것을. 진정으로 사랑한다는 것은 있는 그대로의 상대
방을 존중하고 아껴주는 것이다. 그의 생김새, 습관, 배경……
그 모두를 있는 그대로 흔쾌히 마음속으로 받아들이는 것이다.

내 스물한 살에 대한 회상은 그 순결무구한 청년의 의식과 그것을 둘러싸고 있는 세계에 대한 압도적 환멸과 비관, 그 불일치, 부조화 때문에 끔찍스럽다. 내 스물한 살의 빈 호주머니 속에는 늘 치사량의 절망과 허무가 가득했다. 삶과 세계에 대한 무서운 의문부호를 안고 고뇌하던 내 스물한 살—무모한 반항자, 혹은 서툰 아나키스트. 보다 철저하게 가난의 풍요, 고독의 풍요, 오만한 청춘의 풍요를 꿈꾸던 관념주의자, 혹은 철없는 완전주의자. 그 절망과 고통은 그러나 피할 수 없는 것, 그것은 한 번은 거쳐가야 할 통과의례.

오, 그때 내가 엎드려 시를 쓰던 다락방은 어디에 있는가. 벽에 기대어 쌓아놓은 책이 무너져내려 그 속에서 압사한 작은 새앙쥐 한 마리를 뒤늦게 발견하고 나는 밤새도록 토했다. 그 새앙쥐는 빈약한 육체 속에 깃든 현실적 무능과 자의식의 과잉, 그 모순과 혼돈을 이겨내지 못한 채 죽은 내 자아였다. 내 자아는 책더미에 깔려 죽은 새앙쥐였고, 수부들에게 함부로 학대당하는 보들레르의 알바트로스였다. 그것은 천상에 있을 때 하늘의 왕자이지만, 지상에 있을 때 천박한 희롱과 놀림거리밖에 안 되는 비천한 존재다. 내 스물한 살은 그렇게 자의식의 세계 속에서 고귀한 신분의 당당한 존재였지만, 현실 속에서는 건달, 빈털터리, 무능한 청년이었다.

문득 미래를 생각하면 질식할 것만 같은 도저한 비관주의 때문에 몸을 떨었지만, 나는 그 극한의 절망과 고통을 비겁하게 피하려고 하지 않았다. '나는 끊임없이 자기 자신을 초극해야만 하는 그 무엇이다'라는 명제와의 싸움. 들끓는 생에의 의지. 그해, 스물한 살에 나는 문단에 등단하였다. 그토록 열망하던 시인이 된 것이다!

그 성난 시절 가슴 저 밑바닥에서 솟구쳐 올라오는 대상없는 적의와 분노에 휘둘리며 쩔쩔매고 있을 때 그나마 나를 버팅기게 해주던 것은 책이었다. 그 스무 살 무렵 지식에의 욕망과 허기를 주체하지 못하고 있었을 때 황홀한 시선으로 책들을 바라보는 것만으로도 나는 행복했다.

지난 여름의 그 위대한 태양의 빛은 어디로 갔는가? 그 땡볕 속에
서 곡식들은 익어갔고, 수목들은 죽음보다 더욱 강렬한 녹색으
로 타올랐다. 그 강철 같은 폭염의 빛들은 어느 날 갑자기 퇴각한
다. 대지는 갑자기 식어버리고, 들에는 몇 자락의 무책임한 바람
들만 방목된다. 생명의 극렬성으로 무성하던 풀들은 어느덧 갈색
으로 시들어버리고, 이내 황폐한 늑골들을 앙상하게 드러낸다.

　기울어가는 빛, 비참과 불모의 전령들인 바람들만 가을걷이
가 끝난 빈 들의 주인으로 군림한다. 낮엔 헛된 꿈과 요설들만
풍문으로 떠돌고, 밤엔 명부의 망령들이 설칠 것이다. 시든 식
물들을 잔인한 찬이슬이 덮을 것이며, 바람들은 더욱 음흉한 냉
기를 품으며 적의를 가지고, 폐허의 겨울을 지배하려는 음모를
키워갈 것이다. 아, 그때 모든 것은 서로 먼저 멸망하려고 경쟁
하는 것만 같다. 해가 떨어지고, 밤은 적군처럼 들이닥칠 때 누
가 버티고 남아서 그 어둠의 군단들과 싸울 것인가? 모든 가치,
의미의 불꽃들은 사라져버리고, 가까스로 남은 몇 개의 희미한
불꽃들은 사람들의 내부에서만 타오를 것이다.

고속도로에서 재미있는 현상과 마주친다. 고속도로의 경우 일
차선은 추월선이고, 이차선은 주행선이다. 주행하는 차들은 이
차선으로 달려야 하고, 추월하고자 할 때만 일차선으로 달려야
하는 것이 고속도로에서의 법이다. 그런데 모든 차량들이 빨리
달려야겠다는 일념으로 추월선으로 달린다. 결국 주행선을 달
리는 차량 속도가 추월선에 있는 차량 속도를 앞지르는 경우가
나타난다. 이번엔 거꾸로 추월하는 차들이 주행선으로 달려야
한다. 주행선과 추월선의 역할이 뒤바뀌는 순간이다. 사람들이
마땅히 지켜야 할 질서를 무시함으로써 약속·규범이 깨지고 체
계가 왜곡·전도되는 순간이다.

　왜 이런 일이 생겨나는가. 이 혼란과 무질서, 이 약속과 규범
의 붕괴, 체계의 왜곡과 전도의 뒤에는 '나만 빨리 달리겠다'는
이기주의가 숨어 있다. 우리 사회가 병들었다는 징후다. 모든 범
죄와 무질서의 뒤에는 바로 '나만 잘 되면 된다'는 식의 몰가치적
탐욕과 이기주의가 숨어 있다. 이 탐욕과 이기주의는 물질의 빈
곤이 낳은 것이 아니라 마음의 빈곤이 낳은 죄악의 자식들이다.

청춘이 가고 있다는 쓸쓸한 느낌은 육체의 쇠락에 대한 자각보다 의식의 쇠락에 대한 자각에서 더욱 커진다. 더 이상 나는 가난하지 않고, 더 이상 나는 고독하지 않고, 더 이상 나는 반항하지도 않는다. 적당히 풍요하고, 적당히 즐겁고, 적당히 타협한다.

아, 이것은 참을 수 없는 일이다!

이 뜻없고 헛된 세계 내의 피투被投―피투성이―그것들에 엎드림, 그것에의 무력한 수락에 절망하지 않고, 저항하지 않고, 비굴하게 살아간다는 것은 자존의 포기다. 어느 날 거울에서 발견하게 된 청춘이라는 쓰라린 열병을 앓고 난 자의 얼굴에서 본 것은 인간이 아니라 목전의 필요에만 예속당하는 개처럼 순응하고 타협하는 소시민의 얼굴, 몰락의 형상, 패배의 그림자인 것이다.

그렇게 주저앉고 말 수는 없다. 나는 길들여지지 않는 야생의 호랑이가 되어야 한다. 나는 회복기의 환자처럼 잠시 쉬고 있었을 뿐이다. 나는 시인이다. 시인은 사람의 아픔을 가장 늦게까지 대신 아파해야 하고, 시인은 사람의 슬픔을 가장 늦게까지 대신 울어야 하는 자다! 시인은 영원히 늙지 않아야 비로소 시인이다!

문득 낯선 거리나 골목을 지나고 있을 때 어느 집에선가 열린 창 틈으로 새어나오는 차이코프스키의 피아노 협주곡 일악장의 귀에 익은 선율이 발길을 멈추게 한다. 그 선율은 나를 무한정한 그리움의 포로가 되게 한다. 20대 초반의 가난했던 시절의 음악 감상실들…….

많이 굶어야 했던 그 시절의 궁핍과 절망과 불안들은 차라리 얼마나 사치스러웠던 것인가. 모든 위대한 예술가가 지나간 길에는 젊은 시절의 빈곤과 고독과 청춘이 그의 발자취로, 혹은 그의 위대함을 더욱 극적인 것이 되게 해주는 배경으로 남아 있는 법이다. 그것들은 그가 후일에 얻을 명성이나 막대한 재산 따위로는 살 수 없는 소중한 것들이다. 아직은 이른 청춘에의 회고에서 빼놓을 수 없는 것이 고전음악에의 열광적 탐닉과 함께 가난이었다.

그 시절의 절망, 실존적 인식에의 간절함, 약간은 치기 어린 반항의 몸짓들이야말로 나를 성장시킨 토양이었다.

43

___

죽음을 사색할 때, 뜻밖에도 삶이 빛난다.

여기 오글오글 밀생을 이루었구나. 너희들, 끼니를 챙기지도 못했는데 아주 의젓하고
씩씩하게 자라주었구나. 생마늘 씹은 듯 이번 생은 아린 생이다.지금 마음에 어룽진 걸
안고 있는 자들은 괜시리 눈시울이라도 붉히겠다.

일을 시작하기 전에 마시는 한 잔의 커피는 나를 얼마나 행복하게 만드는지…… 그 뜨거운 액체가 목구멍을 타고 넘어갈 때 나는 그야말로 뼛속까지 행복해진다. 삶의 충일을 느끼게 하는 것이 어디 그뿐이랴.

창공을 가볍게 날아가는 한 마리 새, 땅 밑을 자세히 살피지 않으면 지나칠 수 있는 살아 있는 작은 생명체들의 부지런한 꿈틀거림, 6월의 타는 듯 붉은 덩굴장미꽃, 어두운 구름장 사이를 뚫고 자전거 바퀴살처럼 곧게 내리비치는 햇살, 저물 무렵 어두운 그림자를 거느리고 높이 솟아 있는 빌딩과 빌딩 사이의 기하학적인 공간에 가로놓인 잘못 엎질러놓은 물감과도 같은 고운 황혼, 낮과 밤, 태양과 바람과 비…… 그리고 무엇보다도 그 모든 것을 제대로 바라볼 수 있는 나의 눈! 우리가 마음만 먹는다면 당장이라도 잘 익은 과일을 깨물자마자 턱을 적시고 온통 타는 듯한 목으로 흘러드는 달고 상쾌한 과즙처럼, 행복의 짜릿한 즐거움을 만끽할 수 있다.

살아가는 데 늘 행복한 일만 있는 것은 아니다. 그보다는 더욱 자주 좌절한 자의 넋이 찢기는 듯한 슬픔과 절망, 어깨를 무겁게 짓누르는 불행에 직면하여 숨쉴 기운조차 잃고 삶에의 환

멸과 허무, 자기 파괴에의 맹렬한 집착에 사로잡힐 수도 있다. 그
것은 불행한 삶, 병든 삶이다.

　퇴근 무렵 지하철역에 몰려서 있는 사람들을 보면 그 얼굴에
는 씻을 수 없는 짙은 피로와 공허, 내면의 황폐와 메마름을 그
대로 반영하는, 웃음기라곤 전혀 찾아볼 수 없는 경직된 불행의
모습들이 떠올라 있다. 캄캄한 단애斷崖 위에 홀로 선 듯한 막막
한 실존의 외로움, 공동空洞을 품고 있는 듯한 삶의 공허들, 악몽
과도 같은 나날들의 뜻없어 보이는 의무들…… 그것들이 삶을
지치게 만든 것일까. 그들에게 삶은 타오르는 불꽃이 아니라 냉
담하게 식어버린 재와 같은 것이다. 그들은 생명 본디의 부드러
운 활력과 기쁨을 잃어버린 지 오래다. 그들의 눈동자는 빛을 잃
고, 그들의 손은 만사가 귀찮다는 듯 마지못해 게으르게 움직일
뿐이다.

도시는 상처 입은 짐승처럼 신음소리를 낮게 그르릉거리며 엎드려 있다. 그 소리는 귀를 기울여 자세히 듣지 않는다면 들을 수가 없다. 그 작은 소리마저 차츰 잦아든다. 창 밖 먼 곳 교회의 첨탑이 희미하게 허공에 떠 있다. 누군가 날카롭게 기침을 한다. 기침소리는 이 세상에 누군가 살아 있다는 신호로 울린다. 노인의 임종이 성큼성큼 다가온다. 어느 침상에서 새로운 아침을 낳으려는 남녀의 교합도 막 끝났다. 검은 옻칠 한 목관과 같은 밤을 누군가 떠메고 간다.

아, 모든 책을 읽었건만 육체는 왜 여전히 슬픈가, 라고 노래한 것은 말라르메다. 밤새도록 시 한 편을 끝내지 못한 시인의 탄식이 길다. 교합을 끝낸 남녀의 몸에 돋은 땀들이 차갑게 마른다. 남녀의 결합은 언제나 비극적이다. 왜냐하면 그것은 분리가 예정된 영육의 결합이기 때문이다. 사랑하는 사람들은 완전한 영육에의 결합을 갈구한다. 그럴수록 고통과 비극은 커진다. 이제, 나는 잠들 채비를 해야 한다. 오늘의 잠은 깊고 아늑하리라.

오래 전부터 불확실한 것들과 싸우며 '내 삶의 규칙은 내가 세운
다'는 내적 기율에 충실하려고 노력해왔다.

늙는 것이 두려운 것은 더 이상 나의 주체적 선택과 의지에 의
해 삶을 살 수 없게 되기 때문이다. 늙게 되면 어쩔 수 없이 피동
성 위에 놓여지게 된다. 삶을 새롭게 만들기보다는 이미 만들어
진 삶 속에 안주하게 되는 것이다. 그게 편하기 때문이다. 오, 늙
는다는 것은 얼마나 끔찍한 일인가.

"늙는다는 것─세상의 규칙을 더 이상 바꾸려고 노력하지 않
는 것."(장 그르니에)

삶은 우연성, 하찮음, 자질구레함, 우연 속의 필연들, 저 운명의
본원성, 근원과 진정성을 향해 열린 매혹, 힘과 의미로 충만된
세계를 위해 타오르는 넋의 불꽃이어야 한다. 여름의 무성한 햇
빛에 번쩍이는 잎사귀를 녹색 갑옷처럼 입고 수직으로 서 있는
나무들은 커다란 녹색 불꽃이다. 그 녹색 불꽃은 분출하는 넋
의 광휘로 충일한 삶의 한 형상을 보여준다.

내가 '새'를 처음 만났을 때 그녀는 스물한 살이었다. '새'를 만나기 이전에 나는 이미 성적 배타성을 굳게 유지해야 할 결혼관계의 의무를 지니고 있었다. '새'와 처음 만난 자리에서 무심코 그 사실을 서둘러 말해버렸고, 그 순간 '새'의 얼굴에 스쳐가던 실망과 안타까움의 그림자를 보았다.

이해할 수 없을 만큼 빨리 '새'와 나는 '나'와 '남'의 거리를 지워버렸다. 그 무렵 나는 질식할 만큼 지쳐 있었고, 내게 날아왔던 '새'는 위안과 희망, 그리고 구원이었다. 불가해한 운명 앞에서 '나'라는 사람이 얼마나 나약한 존재인가를 참담하게 깨달았다. 한 사람에게 그때처럼 무목적적으로 빠져들었던 적이 그 이전에는 한 번도 없었다.

한 사람에 대한 그토록의 몰입과 탐닉을 통해 나는 사람의 애증의 그 끝간데 없음에 대한 두려움으로 몸을 떨었고, 그것이 찰나에도 몇 번씩이나 천국과 지옥을 드나들게 하는 고통이며 열락임을 비로소 알았다. '새'와 나의 시간들 속에는 황량하고 장엄한 나신을 드러내는 서해 바다, 교외선들, 서울 근교의 유원지들, 늦가을 산사들이 있다.

그리고 밤여행, 독주들, 서로에 대한 죽음과도 같은 열망, 머리를 짓찧는 고통, 불면, 편지들, 그 무엇으로도 대체되거나 소진되지 않은 비릿한 정욕, 갈등과 번민들, 몇 번의 헤어짐, 운명의 인력, 눈물, 돌연한 파국들이 남아 있다. '새'는 나로부터 사라져 어디론가 날아가버렸지만 나는 아무 일도 없었던 것처럼 그 이전의 시간으로 되돌아갈 수가 없었다.

나는 몇 년 동안 혼자 지냈다. 어느 날 아무것도 가진 것 없이 빈 몸으로 집에서 나와 작은 거처를 마련하고, 혼자 밥 먹고, 출근하고, 퇴근해 돌아오는 길에 몇 병의 맥주를 사들고 들어와 늦도록 취해 잠드는 단조로운 생활이 몇 년이나 이어졌다. 나는 목젖을 막 통과하는 혼자 먹는 저녁밥의 메마름에 자주 목이 메곤했다.

어느 날 '새'에게서 전화가 걸려왔다. "여기 정신병원이야"라고 했다. 평소에도 장난기가 많았던 '새'가 농담을 하는 것이라고 생각했다. 농담이 아니었다. 나는 '새'가 왜 정신병원까지 가게 되었는지를 알 수 없었다. 가슴이 찢기는 것 같은 날카로운 고통이 몸을 관통하고 지나갔다.

나는 '새'의 인생에 씻을 수 없는 누를 끼쳤다. 나는 '새'의 인생이 저토록 망가지게 방치해두었다. 참담한 자괴감이 마음을 찔렀다. 그리고 세월은 또 흘러갔다. 나는 꿈꾼다. 말라버린 우물 밑바닥에 갇혀 날개를 퍼덕거리는 꿈속의 '새'. '새'는 이미 내 손

길이 미치지 않는 저 낯선 세상의 복판으로 흘러가버렸다. 세상은 커다랗고 정다운 여인숙이고, 인생은 하룻밤 짧은 꿈이라고 말하며, 아득히 흘러간 날들처럼 웃고 있는 '새'.

가끔 어둠에 침잠하는 내 영혼은 이렇게 부르짖는다.

　'나는 왜 이렇게밖에 삶을 살 수 없는가?'

　나의 인격, 주체, 정신의 한계에 대한 자각이 엄습할 때, 사방을 둘러봐도 뚫고 나갈 길은 전혀 보이지 않을 때 자기혐오와 우울함에 빠져들고 이성은 마비된다. 시간이 흐르고, 이성은 가까스로 힘을 회복하고 다시 내게 묻는다.

　'나는 누구인가? 나의 나됨을 가능케 하고 뒷받침하고 있는 것들은 무엇인가?'

　누구에게 그런 경험이 있는 것은 아닐까. 평소에는 자기 자신에 대해 잘 알고 있는 것처럼 믿고 행동하다가 어느 계기에 직면해 낮은 문설주 따위에 호되게 부딪쳐 정신이 막막해지는 것과 같은 자기 자신에 대한 무지, 모순으로 가득 찬 자아에 대한 생소함, 삶의 주체인 자기 자신과 인식 대상으로서의 자기 자신 사이에 가로놓인 뛰어넘을 길 없는 막막함으로 고통과 절망의 바닥에 떨어져버리는 경험 말이다.

　내 의지와 선택의 바깥에 놓여 있는 것, 운명이라고 부르는 것, 그것이 결코 우연의 산물이 아니라 '나'라는 티끌처럼 작은 실존 주체를 둘러싸고 있는 사회, 역사, 더 크게는 자연, 우주를 지배하는 어떤 법칙성과 힘, 알 수 없는 그 어떤 필연으로서 주어지는 것이다.

한때 살아 있던 사람의 숨은 멎고, 살은 썩고, 백골은 진토가 되게 하는…… 아, 시간은 정말 두려워. 우리를 어떤 미지의 세계로 끌고 들어갈지…… 삶의 많은 부분은 이 시간과의 싸움에 바쳐지고 있다고 해도 과언이 아니다. 현실과 세계, 자아에 대한 지식과 이해, 그것의 체계화, 그리고 신념화…… 물론 중요한 것이다. 그러나 나는 현상, 그것의 뒤에서 사람들을 조롱하는 어떤 궁극적 실체의 세계를 찾아나서고 싶다. 본질에의 궁구, 궁극의 세계에 뿌리를 내린 사유의 넓은 지평을 찾아나서는 철없는 방랑자, 모험가가 되고 싶다. 그것만이 나를 참답게 살게 할 것이다.

탐욕과 이기주의, 물질과 쾌락에의 과도한 탐닉들…… 그것이 죽는 길인 줄도 모르고 불나방처럼 그 불을 향해 온몸을 내던진다. 그것들은 우리를 노예로 전락시킨다. 나는 그 무엇에도 예속되지 않는 참다운 자유를 살고 싶다. 자유는 나의 산소다. 그것만이 시간의 공포, 죽음에의 암울한 고통에서, 우리를 진정 해방시킨다.

꿈틀거리는 성욕이 없다면
꽃을 피울 수 없지
꽃 피지 않는 나무라면
살아 있다고 할 수 없지

봄날 저녁 하늘을 향하여
솟구치는 성욕으로
마구마구 꽃을 피워
꽃 핀 구름을 이고
서 있는 벚나무
취한 여자처럼 발갛게
아아, 이뻐라

__「꽃 피는 나무에게」

대기를 훑고 지나가는 차가운 북풍, 강물의 고집스러운 결빙, 산과 들을 하얗게 뒤덮은 폭설. 이것이 겨울 풍경이다. 이 궁핍한 겨울을 나기 위해 어떤 동물들은 겨울잠에 든다. 생존을 압박하는 이 시련의 겨울 속에서 사람들은 봄을 꿈꾼다. 가장 추운 겨울이 가장 따뜻한 봄에의 설레는 희망을 잉태하는 것이다.

겨울답지 않은 겨울, 언뜻언뜻 계절의 흐름을 착각한 개나리들이 노란 꽃망울들을 주책없이 터뜨리는 이상난동의 겨울은 따뜻한 봄에의 기대와 희망을 유산시킨다. 우리의 기대와 희망을 유산시키는 것이 어디 겨울답지 않은 겨울뿐이랴!

누가 지금
문밖에서 울고 있는가
인적 뜸한 산언덕 외로운 묘비처럼
누가 지금
쓸쓸히 돌아서서 울고 있는가

처음 만난 남자와
오누이처럼 늙어 한 세상 동행하는 것
그대 꿈은 작고 소박했는데
그게 왜 그렇게 힘들었을까

세상의 길들은 끝이 없어
한 번 엇갈리면 다시 만날 수 없는 것
메마른 바위를 스쳐간
그대 고운 바람결
그대 울며 어디를 가고 있는가

내 빈 가슴에 한 등 타오르는 추억만 걸어놓고

슬픈 날들과 기쁜 때를 지나서

어느 먼 산 마을 보랏빛 저녁

외롭고 황홀한 불빛으로 켜지는가

　__「애인」

사랑은 마음을 고요하게 비우고 난 다음에 이는 정열 속에 있다. 증오나 질투나 분노 속에는 사랑이 아니라 괴로움과 흔들림과 혼란스러움만이 깃든다.

완전한 사랑은 죽음과 같다. 거기에는 어떤 욕망도, 의심도, 괴로움도, 의무도, 권리도 없다. 진정한 사랑이란 온 마음과 온 몸과 온 심장과 온 영혼을 다해 그에게 다가가는 것, 더 이상 바칠 것이 없을 때까지 내 전 존재를 그에게 바치는 것이므로 그것은 죽음이다.

아무것도 남지 않은 우리 심장 속에, 몸 속에, 영혼 속에 찾아드는 것은 고요한 평화와 분별과 사려가 깃든 정열과 이 세상 모든 고귀한 것들의 있음이 마음에 일으키는 행복한 충일이다.

사람은 누구나 '언젠가는 모두가 쓸쓸히 부서져갈 한 잎의 외로운 혼'이다. 이러한 본질적인 고독과 외로움, 생의 무의미성과 허망함에 대한 각성이 깊으면 깊을수록, 사랑은 더욱 진한 빛깔의 싱싱하고 풍요한 꽃으로 피어날 수 있게 된다. 바로 그것이 사랑이라는 식물이 뿌리를 박고 있는 비옥한 대지이므로……

나는 눈이 멀었고
너는 빛을 피해 동굴에서 산다

언제부터인가, 평화로운 풍광의 세계를 외면하고
너는 어둠 속만 날아야 하는 박쥐인가
불 밝은 유리창에 머리를 짓찧다가
돌아가는 슬픔 짐승

너는 하늘을 물어뜯을 곡절 모두 삭이고
한 등 타오르는 추억도 없이
부서진 가슴을 안고 산다

저녁마다 사람이 그립다
알 수 없는 그 무엇을 향하여
새순처럼 돋는 병이여

홀로 먹는 밥의 쓸쓸함이여!
자꾸 아픈 몸이여!

먼 사람이여!

　　─「먼 사람아」

탐욕과 이기주의, 물질의 쾌락에의 과도한 탐닉들…… 그것이 죽는 길인 줄도 모
르고 불나방처럼 그 불을 향해 온몸을 내던진다. 그것들은 우리를 노예로 전락
시킨다. 나는 그 무엇에도 예속되지 않는 참다운 자유를 살고 싶다.

56

조주 스님이 젊은 스님과 나눈 선문답 한 토막.

"스님, 마음 닦는 공부는 어떻게 해야 하나요?"

"무조건 내려놓거라."

"뭘 내려놓으라는 말씀이신가요?"

"그렇다면 계속 들고 있게나."

내가 살아 있다는 사실, 그 하나만으로 행복한 날들이 있었다. 생생하게 가슴을 파고드는 살아 있다는 실감이 안겨주는 기쁨은 날카롭고 크다. 강요당하는 삶이 아니라, 가고 싶은 곳을 마음대로 가고, 잠자고 싶을 때 마음껏 자고, 일하고 싶을 때 미친 듯이 그 일에 매달려도 좋은 자유로운 삶이 정말 좋았다.

넘치는 이 자유, 내 혈관을 도는 이 피와 그 피의 몽상들, 팔다리를 힘차게 내뻗을 수 있는 건강, 행복에 대한 갈망, 한 3백 년쯤 살고 싶다는 터무니없는 망상조차 밤이 안겨주는 지복처럼 느껴진다.

잠에서 깨어났을 때 발가락을 꼼지락거려보고 '아, 내가 살아 있구나' 하고 실감할 때 나는 행복하다. 때때로 생명력을 다 소진해버리고 곧 닥쳐올 죽음을 예감하는 늙은 메뚜기처럼 피로할 때조차 "난 살아 있어. 시간이 지나면 곧 괜찮아질 거야"라고 자신에게 속삭이면 금방 기분이 나아진다.

살아 있다는 것은 좋은 일이다. 새벽 산책, 녹음이 짙은 숲에서 번져나오는 풀과 나무들의 청결한 내음, 작은 찻집 문을 밀치고 들어섰을 때 코끝으로 왈칵 밀려드는 커피향, 담마다 붉게 피어 있는 장미꽃들, 초여름 저녁에 홀로 듣는 구스타프 말러의 교

향곡들, 6월 저녁의 기우는 빛, 지평선, 황혼녘 빈 카페에서 혼자 마시는 맥주의 쓸쓸한 맛, 그리고 사랑하는 사람과 함께했던 모든 시간들…… 나는 살아 있다는 기쁨을 무엇과도 바꾸고 싶지 않다. 이 모든 세계의 아름다움을 흠뻑 맛볼 수 있는 것은 살아 있음이 전제되어야 한다.

내가 죽었다면, 감각이 누릴 모든 지복의 세목들은 한낱 무용지물이 되고 만다. 끔찍하지만, 이 지상에서 살았던 삶은 한 줌의 거짓말이 되어버리고, 나는 축축한 무덤 속에서 흙냄새나 맡고 있으리라.

잠시 들렀다 가는 길입니다.
외롭고 지친 발걸음 멈추고 바라보는
빈 벌판
빨리 지는 겨울 저녁 해거름
속에
말없이 서 있는
흠 없는 혼
하나

당분간 폐업합니다, 이 들끓는 영혼을.
잎사귀를 떼어버릴 때
마음도 떼어버리고
문패도 내렸습니다.

그림자
하나
길게 끄을고
깡마른 체구로 서 있습니다.

_「겨울나무」

희망은 적고 절망은 늘 넉넉한 시절. 20대 초반에서 중반까지 나는 시립 도서관의 참고열람실의 한 자리에 붙박이로 앉아 줄기차게 책을 읽었다. 모든 독자란 잠재적인 저자인 법. 나는 책을 읽으며 틈틈이 푸른 노트에 온갖 상념들을 언어의 포충망으로 채집했다. 나는 문학에 가없는 뜻을 품은 청년이었다. 때때로 독한 회의가 온몸을 관통하고 지나가면 절망의 자리는 더욱 커졌고, 그런 날은 포장마차에서 쓴 소주를 몇 잔 들이켜기도 했다.

찬바람이 일면서 각 신문마다 신춘문예공모 사고社告가 나면 나의 열병은 더욱 도진다. 신춘문예는 문학청년들에겐 일종의 통과제의다. 나는 신춘문예 최종심에서 거듭 낙방했고, 그 관문을 통과한다는 것이 하늘의 별을 따는 것만큼이나 아득하게 느껴졌다. 1978년 가을에도 나는 시립도서관의 참고열람실에 있었다. 푸른 노트에서 몇 편의 시를 건져냈고, 처음으로 문학평론 두 편을 신들린 듯 써냈다. 시작이야 몇 년째 계속된 것이지만, 평론은 무모했다.

내겐 아내가 있었고, 막 태어난 첫아이는 눈을 맞추며 방긋방긋 웃었다. 그해 신춘문예에 낙방한다면 문학에 대한 꿈은 접으리라고 스스로와 약속했다. 문학 따위는 접고, 취직을 하고, 아이와 아내를 잘 건사하는 훌륭한 가장이 되리라. 벼랑 끝에 선 절박한 심경으로 마감 당일 오후가 되어서야 나는 시 몇 편과 문학평론 두 편을 원고지에 정서한 뒤, 나를 그림자처럼 따르던 후배에게 신문사에 갖다주도록 부탁했다. 시립도서관에서 나와 캄캄한 거리로 나서니 사람들로 붐비는 거리는 정겨웠다. 나는 물병처럼 고요했다. 체념. 그렇다, 체념 때문이었다.

며칠 뒤 후배 두 명과 캔버스와 화구들을 챙겨 강원 내륙으로 여행을 떠났다. 초겨울 여행은 쓸쓸하고 황홀했다. 탄광지대의 황량한 거리들을 스케치하고, 두 장의 캔버스를 채웠다. 세모가 며칠 남지 않은 어느 날 강원 내륙의 작은 여관방에서 지친 몸을 쉬다가 이상한 예감에 사로잡혀 다음 일정을 포기하고 혼자 서둘러 귀경했다. 전화도 없던 시절이었다. 단칸 셋방에서 꽃 같은 아이와 함께 아내는 나를 초조하게 기다리고 있었다. 아내가 눈물이 그렁그렁한 얼굴로 몇 통의 전보를 내 손에 쥐어주었다. 신문사에서 보낸 당선을 알리는 전보 용지였다. 그 해 두 신문사의 신춘문예에 나는 시와 문학평론이 각각 뽑혔다. 그때 만약 또다시 신춘문예에 낙방했다면 나는 기꺼이 문학에의 길을 포기했을 것이다.

고독의 권유

초판 1쇄 발행 2012년 2월 7일
초판 3쇄 발행 2022년 6월 13일

지은이 장석주
펴낸이 김선식

경영총괄 김은영
콘텐츠사업6팀장 임경섭 **콘텐츠사업6팀** 박수연, 한나래, 정다움, 임고운
편집관리팀 조세현, 백설희 **저작권팀** 한승빈, 김재원, 이슬 **마케팅본부장** 권장규 **마케팅3팀** 배한진
미디어홍보본부장 정명찬 **홍보팀** 안지혜, 김은지, 이소영, 김민정, 오수미
뉴미디어팀 허지호, 박지수, 임유나, 송희진, 홍수경
재무관리팀 하미선, 윤이경, 김재경, 오지영, 안혜선 **인사총무팀** 이우철, 김혜진, 황호준
제작관리팀 박상민, 최완규, 이지우, 김소영, 김진경, 양지환
물류관리팀 김형기, 김선진, 한유현, 민주홍, 전태환, 전태연, 양문현

펴낸곳 다산북스 **출판등록** 2005년 12월 23일 제313-2005-00277호
주소 경기도 파주시 회동길 490 **전화** 02-704-1724 **팩스** 02-703-2219 **이메일** dasanbooks@dasanbooks.com
홈페이지 www.dasan.group **블로그** blog.naver.com/dasan_books

ISBN 978-89-6370-711-2 (03810)

다산북스(DASANBOOKS)는 독자 여러분의 책에 관한 아이디어와 원고 투고를 기쁜 마음으로 기다리고 있습니다.
책 출간을 원하는 아이디어가 있으신 분은 다산북스 홈페이지 '투고원고'란으로 간단한 개요와 취지, 연락처 등을 보내주세요.
머뭇거리지 말고 문을 두드리세요.